Vera Griebert-Schröder, Franziska Muri

DIE RAUHNÄCHTE UND DER ZAUBER DES WANDELS

VERA GRIEBERT-SCHRÖDER
FRANZISKA MURI

Die Rauhnächte und der Zauber des Wandels

Wie sie uns voller Mut und Vertrauen ins neue Jahr geleiten

IRISIANA

Textnachweis

Seite 31: »Frau Holle«, ein Märchen der Gebrüder Grimm

Seite 49: »Die drei Spinnerinnen«, ein Märchen der Gebrüder Grimm

Seite 55: »Ich suche nicht – ich finde«, Gedicht von Pablo Picasso. Übersetzer unbekannt

Seite 59: »Das häßliche junge Entlein« aus Hans Christian Andersen: Sämtliche Märchen, 1862

Seite 94: »Die drei Wunderfische«, ein Märchen von Theodor Vernaleken

MIX
Papier | Fördert gute Waldnutzung
FSC® C014496

Penguin Random House Verlagsgruppe FSC® N001967

1. Auflage

in der Penguin Random House Verlagsgruppe GmbH,
Neumarkter Straße 28, 81673 München
produktsicherheit@penguinrandomhouse.de
(Vorstehende Angaben sind zugleich Pflichtinformationen nach GPSR.)

Projektleitung: Sven Beier, Jonas Stiehler
Umschlag: Serifa Design Studio
Umschlagmotiv: iStockphoto (borchee, mammuth)
Eiskristalle © SUE/AdobeStock, Buchvignette designed by Freepik
Satz: Buch-Werkstatt GmbH, Bad Aibling
Druck und Bindung: GGP Media GmbH, Pößneck
Printed in Germany
ISBN 978-3-424-15486-3

www.irisiana-verlag.de

Inhalt

»Wenn der Wind der Veränderung weht,
bauen die einen Mauern
und die anderen Windmühlen.«

Chinesisches Sprichwort

Der Zauber des Wandels

Mit innerer Stärke, Mut und Vertrauen ins neue Jahr gehen, in dem Gefühl, dass kommen darf, was kommen mag – das ist es, was dir dieses Buch vermitteln möchte. Gerade wenn wir uns in einem Wandel befinden, wenn nichts so zu bleiben scheint, wie wir es kennen, dann brauchen wir solche Qualitäten. Und es sind die Rauhnächte, in denen wir sie so gut entwickeln und regelrecht einüben können wie zu kaum einer anderen Zeit.

Seit vielen Jahren erfreuen sich die Rauhnächte großer Beliebtheit. Sie bringen einen ganz besonderen Zauber in das Leben von immer mehr Menschen – einen Zauber, den wir in unserer modernen Welt nicht mehr so häufig erleben. Was über lange, lange Zeit eine Tradition war, der man vor allem im ländlichen Alpenraum nachging, ist heute – in einer auf uns moderne Menschen zugeschnittenen Weise – für viele in ganz Europa ein nährender und inspirierender Anker. Mit den Rauhnächten schließen sie das alte Jahr würdevoll ab und gehen verwandelt ins neue. Nicht wenige erzählen uns, dass sie das Wissen um diese außergewöhnliche Zeit das ganze Jahr über stärkt, weil sie sich sicher sein dürfen, dass sie in diesen besonderen Tagen und Nächten aus dem Alltäglichen ein Stückchen herausgehen, sich neu orientieren und Kraft für das Kommende schöpfen können.

Genau das macht die Rauhnächte so einzigartig: Sie sind anders. Anders als der gesamte Rest des Jahres. Es ist eine heilige Zeit – und wenn wir sie in diesem Sinne durchleben oder sogar richtiggehend zelebrieren, dann verbindet uns das mit etwas Größerem und Tieferem, als wir es üblicherweise erfahren. Die Schleier zwischen den Welten, so heißt es nicht von ungefähr, sind jetzt besonders dünn und so können wir uns inspirieren lassen und uns mit neuer Energie aufladen. Wir können uns für geistige Sphären öffnen, an die wir im Alltag oft nicht so recht heranreichen. Es braucht lediglich die Offenheit dafür ... und vielleicht ein paar nützliche Tipps aus den mittlerweile sehr vielfältigen Büchern und Kursen zu diesem Thema.

Uralte Kraft – immer wieder neu

Mit dem Buch, das du gerade in deinen Händen hältst, möchten wir deinen Fokus auf eine kostbare Besonderheit der Rauhnächte lenken, die allerbestens in unsere gegenwärtige Zeit passt: auf ihre Wandlungskraft. Die Rauhnächte sind in sich ein Prozess des Wandels – und Wandel könnte das zentrale Wort für das sein, was wir Menschen auf dieser Erde momentan erleben. Nicht nur haben wir seit jeher stetig mit Wandel in unserem persönlichen Leben zu tun, wir wechseln aktuell auch als Kollektiv in eine völlig neuartige Phase hinüber. Ob wir es Schwingungserhöhung, Erwachen der Menschheit, Wassermannzeitalter oder geopolitische Neusortierung nennen – das Alte trägt nicht mehr und das Neue ist noch kaum in Sicht. In dieser Zeit gleichsam »zwischen allen Stühlen« fragen sich viele: Was kann uns jetzt stützen? Wie können wir uns orientieren? Wie zuversichtlich bleiben? Und es sind die Rauhnächte als Zeit »zwischen den Jahren«, die uns tragfähige Antworten auf diese Fragen schenken können.

Vielleicht kennst du die Rauhnächte bereits, vielleicht zelebrierst du sie seit einigen Jahren, wie das immer mehr Menschen mit großer Freude und bereichernden Erfahrungen tun. Oder du beschäftigst dich ganz neu damit und tauchst gerade erst ein in diese ganz besondere Welt und Zeit. In beiden Fällen bist du hier genau richtig. Mit dem, was wir in diesem Buch für dich vorbereitet haben, kannst du dich von dieser heiligen Zeit in eine Tiefe und in eine Stille führen lassen, in denen die wahre Kraft der Wandlung zu Hause ist. Zwischen der Wintersonnenwende und dem Tag der Heiligen Drei Könige kannst du täglich eine Zeit lang dort eintauchen und erleben, wie »es« sich und wie es dich wandelt.

Wandel ganz neu erfahren

Dieses Buch könnte eine Revolution für dich bewirken. Eine persönliche Revolution – oder sagen wir eher: einen großartigen Schritt in deiner Evolution, in deiner Weiterentwicklung, in der Entfaltung deines Wesens und deines Seins. Und das wird sich ganz unwillkürlich auch auf die Geschicke deines Umfeldes auswirken. Niemand von uns ist allein oder getrennt von allem anderen. Was du hier findest, kann dich stärken und dabei unterstützen, mit Herausforderungen gut klarzukommen und für dich tragfähige Lösungen zu finden. Du wirst immer besser in dir ruhen, auch wenn sich die Welt um dich herum immer schneller dreht.

Aufbauend auf der alten Tradition der Rauhnächte haben wir hier etwas Neues entwickelt – und damit letztlich auch die Rauhnächte selbst noch einmal gewandelt, wenn man das so sagen darf. Bereits in unserem ersten Buch, dem Bestseller *Vom Zauber der Rauhnächte* haben wir vor fast fünfzehn Jahren die alten Bräuche neu gedeutet, sodass sie für uns heute wirklich relevant und hilfreich sind. Wir haben mit dem bis heute beliebten Buch einen der ersten Begleiter für diese Zeit geschaffen, der die Leserinnen und Leser sanft und klar durch die heiligen Nächte geleitet. Jetzt war es an der Zeit, den Wandlungszauber der Rauhnächte ins Zentrum zu rücken und seine Kraft in unser Leben zu holen. Damit können wir alle den großen Wandel unserer Epoche, der sich auch in jedem individuellen Leben zeigt, bestmöglich unterstützen. Was wir dir hier anbieten, ist in dem Sinne neu, dass es sehr viel mehr ist als bloße Veränderung, als Manifestation, als Zielerfüllung oder dergleichen. Es spielt sich auf einer anderen Ebene und in einer ungleich größeren Tiefe ab, als wir sie mit Affirmationen oder Visionboards wohl je erreichen könnten.

*Wir lauschen auf das, was ist,
lassen uns vom Ziel anziehen und erspüren den
Weg, der sich unter unsere Füße legen will.*

Mit diesem Buch war es uns wichtig, etwas Inspirierendes und Stärkendes, etwas Nährendes und Tragendes in die Welt zu bringen. Einen Begleiter durch die heilige Zeit der Rauhnächte, der dich zugleich durch einen Wandlungsprozess trägt und dich dabei in aller Stille und bewusster Langsamkeit regelrecht trainieren lässt, was einen Wandel ausmacht. Wandel wird jede und jeden von uns ein Leben lang begleiten. Wir erfahren ihn im Kleinen und im Großen, immer wieder neu. Sobald wir einmal in der Tiefe verstanden haben, welche Phasen ihn kennzeichnen und was sie jeweils brauchen, um sich möglichst leicht vollziehen zu können, haben wir etwas unermesslich Wertvolles für uns begriffen. Wir können die Wechselfälle des Lebens dann viel leichter annehmen und mit ihnen mitschwingen.

Gemeinsam zu etwas Neuem, das trägt

Mit dem tieferen Wissen um den Wandel geben wir nicht nur uns persönlich eine Chance, sondern auch uns allen als Familien und Gemeinschaften. Mit der bewusst und wahrhaftig genutzten Kraft des Wandels wirken wir gemeinsam auf eine lebensdienliche und lebensfreudige Zukunft hin. Wenn auch du den Herzenswunsch einer solchen Zukunft für uns alle spürst, sei dir bewusst, dass es unzählbar vielen Menschen ähnlich geht. Wir sind so viele, die wir uns auf Herzensebene begegnen und aus dem Inneren heraus ein Netz der Verbundenheit und der Stärke weben, getragen von einem wertschätzenden Miteinander. Die Impulse aus diesem Buch unterstützen uns dabei, aus dem Meer der Möglichkeiten genau das zu schöpfen, was von Schönheit und Friedfertigkeit, von Liebe zum Leben und Respekt vor der Schöpfung getragen ist. Sie öffnen uns den Blick auf gangbare Wege in eine lebenswerte Zukunft als Menschheitsfamilie.

Wir alle, die wir uns hier gemeint fühlen, folgen mit unserer inneren Haltung, mit unserer Tiefe und Lebendigkeit einer Sehnsucht, die uns verbindet und die uns trägt. Und wir folgen dieser Sehnsucht hin zu einem großen Wandel, wie ihn wohl schon John Lennon mit seinem unvergessenen Song »Imagine« erspürt hat: Stell dir vor, wie alle Menschen ein Leben in Frieden leben … Wir sind nicht einfach Träumer. Wir sind Schöpferinnen und Schöpfer unseres Weges. Wir sind die Schöpferinnen und Schöpfer des anstehenden Wandels. Und die Rauhnächte ebnen uns den Weg, wenn wir uns darauf einlassen.

Was dich hier im Buch erwartet

Nach diesem Vorwort findest du einen Überblick darüber, was die Rauhnächte sind und was sie ausmacht. So kannst du dich auch als Neueinsteigerin oder Neueinsteiger in diesem Thema rasch zurechtfinden.

Im ersten und zweiten Teil des Buches möchten wir dich dann auf die heiligen Nächte und den Wandel einstimmen. Hier findest du Texte, die du jederzeit lesen und in dir nachklingen lassen kannst. Auch während des Jahreslaufs kannst du dich davon stärken lassen, denn sie können dich in den unterschiedlichsten Phasen eines Wandels in deinem Leben begleiten. Dort haben wir auch einige Märchen einfließen lassen, vielleicht auch zum Vorlesen in der Familie oder mit Freunden. Sie erzählen auf ihre eigene Weise vom Wandel. Auch ein paar praktische Anregungen zur Selbstreflexion und für kleine Rituale erwarten dich in diesen Buchteilen.

Im dritten Teil dann bieten wir dir eine Begleitung der ganz besonderen Art an. Von der Wintersonnenwende bis zum Tag der Heiligen Drei Könige am 6. Januar vollziehen wir in vierzehn Schritten einen Wandlungsprozess. Wir gehen dabei so langsam und detailliert vor – den Wandel geradezu sezierend und unter dem Mikroskop betrachtend –, dass uns kein Moment entgeht. Wie in Zeitlupe bewegen wir uns im schützenden Rahmen der Rauhnächte durch den Prozess und begreifen ihn mit Körper, Geist und Seele. Du kannst diesen Teil als deine Rauhnächte-Praxis für dieses Jahr verwenden und dabei regelrecht als Training in Sachen Wandel nutzen.

Wir können die Wellen nicht aufhalten,
aber wir können lernen, auf ihnen zu reiten.

Du wirst verwandelt aus diesem Prozess hervorgehen und in jeder Zelle deines Wesens erfahren haben, was Wandel bedeutet. Indem du deinen eigenen Wandlungsprozess durchlebst, wirst du spüren, wie du ihm auf deinem weiteren Weg begegnen kannst. Du lernst, wie du die Wandlungskraft einladen kannst, wenn du etwas Neues ersehnst, und wie du mit ihr sein kannst, aufgerichtet und klar. Du wirst wissen, wie du die Welle surfen kannst, wenn sie – mal wieder – auf dich zurollt.

Viel Freude mit dem Zauber des Wandels
wünschen dir

Vera Griebert-Schröder und Franziska Muri

Was macht die Rauhnächte aus? Ein Überblick

Vielleicht möchtest du ein paar allgemeine Informationen zum Thema Rauhnächte. Dann bieten dir die folgenden Seiten einen kurzen Überblick über das Wesentliche dieses wundervollen Phänomens, dieser großen Chance auf neue Kraft und neue Lebensfreude. Wenn du die Rauhnächte schon kennst, dann könntest du dir hier noch einmal die zentralen Punkte verdeutlichen. Was also macht sie aus, diese zwölf heiligen Nächte?

Wann wird's rau?

Es gibt unterschiedliche Zählweisen, doch immer wird davon ausgegangen, dass es zwölf Rauhnächte sind. Die meisten sagen so wie wir, dass die erste Rauhnacht um Mitternacht nach Heiligabend beginnt. Kalendarisch ist also der gesamte 25. Dezember die erste Rauhnacht, der 26. Dezember die zweite und so weiter, bis am 5. Januar die zwölfte und abschließende Rauhnacht durchlebt wird.

Der 21. Dezember als Wintersonnenwende gilt als Tor zu den Rauhnächten und kann auch selbst als Rauhnacht angesehen werden, ebenso wie der Tag der heiligen Lucia am

13. Dezember. Doch für einen Weg, mit dem wir genau der Lücke zwischen den Jahren folgen, bietet sich der exakte Zeitraum zwischen den heiligen Festen an.

Der 21. Dezember ist nun der dunkelste Tag des Jahres, so kurz wie jetzt ist die Sonne in unseren Breiten sonst nie über der Horizontlinie. Diese Nacht ist die längste des Jahres. Und mit ihr läutet die seit uralten Zeiten gefeierte Wintersonnenwende die Neugeburt des Lichts ein. Von nun ab wird die Sonne jeden Tag ein winziges bisschen länger zu sehen sein. Während der Rauhnächte allerdings ist davon noch nichts zu merken. In dieser Phase geht es darum, das Licht in unserem Inneren zu bewahren.

Alte Traditionen

Insbesondere im Alpenraum, aber durchaus auch in einigen Teilen des übrigen Europas, wurde diese Zeit seit Langem als etwas außerhalb des Gewöhnlichen angesehen. Oft heißt es, die Rauhnächte markieren die Lücke, die sich zwischen dem Sonnenkalender und dem vorher lange gültigen Mondkalender ergibt, dessen Jahr ungefähr zwölf Tage kürzer ist.

Wohin du schaust,
dorthin gehst du.

Magisch, mondig, reich an Zauber und Orakelweisheit sind die heiligen Nächte in der Tat. Die Tore zur geistigen Welt stehen jetzt weit offen und die »Wilde Jagd« fegt über die Erde, um verlorene Seelen einzusammeln. Bräuche entwickelten sich, mit denen die Menschen einerseits versuchten, sich vor dunklen Kräften zu schützen, und andererseits die Besonderheit dieser Zeit für sich zu nutzen. So vermied man es beispielsweise, in diesen Tagen Wäsche zu waschen und draußen zum Trocknen aufzuhängen, da sich die umherjagenden Seelen und Geister nur zu leicht darin verfangen könnten. Man ordnete und räumte auf, um Altes abzuschließen und das neue Jahr frisch zu begrüßen, aber auch um die ebenfalls umherstreifende Frau Holle nicht zu erzürnen. Bis heute hat sich der schöne Brauch erhalten, in jeder Rauhnacht eine Kerze ins Fenster zu stellen, um in dieser Zeit der Dunkelheit das Licht lebendig zu halten.

Sehr beliebt in neuem Kleid

Seit einigen Jahren feiern die Rauhnächte eine großartige Renaissance, denn immer mehr Menschen entdecken für sich die enorme Kraft der Spiritualität, die sich in dieser Zeit verbirgt. Sie nutzen einerseits die Gelegenheit zu einer echten Pause, zu einem wirklichen Innehalten, und lassen, wie es ein alter Brauch beschreibt, die »Räder stillstehen«. So verarbeiten sie das Gewesene und tanken Energie und Inspiration für das neue Jahr. Viele verbinden sich zudem mit der geistigen Welt, mit der wir jetzt sehr viel leichter in Kontakt treten können. Sie bauen eine Beziehung zu mythischen Wesen wie Frau Holle auf oder aus, zu Engeln, Naturwesen oder Krafttieren. Sie orientieren sich mithilfe von Orakeln und spüren sich in die Natur ein, in den Herzschlag von Mutter Erde. Sehr beliebt ist außerdem das Räuchern, um Räume zu klären, zu reinigen und schwere, störende Energie hinauszuschicken oder aufzulösen. Der Name »Rauhnacht« kommt tatsächlich, zumindest einer Lesart nach, von »Rauchnacht«. Aber auch das Raue, mit dem sich die Natur jetzt zeigt, spiegelt sich im Namen wider.

Seit alters her entspricht jede einzelne Rauhnacht einem Monat des kommenden Jahres, die erste dem Januar, die zweite dem Februar und so weiter. Sie nehmen gewissermaßen den bevorstehenden Jahreszyklus vorweg, in dem diese zwölf Tage und Nächte einen Zyklus in sich bilden. Dies können wir nutzen, um das neue Jahr innerlich vorzubereiten.

RAUHNACHT	TAG	MONAT
Erste	25. 12.	Januar
Zweite	26. 12.	Februar
Dritte	27. 12.	März
Vierte	28. 12.	April
Fünfte	29. 12.	Mai
Sechste	30. 12.	Juni
Siebte	31. 12.	Juli
Achte	1. 1.	August
Neunte	2. 1.	September
Zehnte	3. 1.	Oktober
Elfte	4. 1.	November
Zwölfte	5. 1.	Dezember

So können wir in jeder Rauhnacht eine Orakelkarte ziehen, die uns zeigt, welche Themen und Tendenzen der entsprechende Monat des nächsten Jahres für uns bereithalten wird. (Zum Beispiel aus unserem Kartenset *Das Rauhnächte-Orakel* mit 49 unterstützenden Karten zur Orientierung durch Krafttiere, Pflanzenhelfer, Kraftorte und geistige Helfer.) Was wir jetzt innerlich vorbereiten, wird uns dann im Jahreslauf umso leichter fallen. Auch Stimmungen, Wetterphänomene oder innere Prozesse der jeweiligen Rauhnacht können uns bereits einen Vorgeschmack auf den dazugehörigen Monat geben.

Gelebte Magie

Mit ganz unterschiedlichen kleinen oder großen Ritualen kannst du dir die Rauhnächte gestalten und zu deiner besonderen Zeit machen, so wie sie für dich jetzt stimmig ist. Ob du dir dafür jeden Tag fünf Minuten, eine halbe Stunde oder länger nimmst, ist ganz dir überlassen. Vielleicht ist es dein Bedürfnis, dich zurückzuziehen und tiefer nach innen zu schauen. Du kannst in die geistigen Welten lauschen, um einen anstehenden Neustart vorzubereiten. Immer kannst du mit dem mitfließen, was ist, was sich im Augenblick anbietet, denn die Rauhnächte sind auch eine offene Tür in ein Reich voller ungeahnter Möglichkeiten, die sich entfalten können, wenn wir sie für uns wählen.

Diese kostbare Zeit steht zwar jedes Jahr wieder für uns bereit, aber eben nur einmal im Jahr. Um sie bestmöglich zu nutzen, empfiehlt es sich, dass du dir vorher überlegst, was du ungefähr möchtest. Natürlich wird sich das auch entwickeln und entfalten, aber es kann hilfreich sein, dir von Anfang an Zeiten für ein bewusstes Innehalten zu geben. Das Alltägliche hat ein starkes Momentum und es wäre schade, wenn es die gesamten Rauhnächte mit sich zieht. Schenk dir Zeiten für dich, für deine Seele und dein Herz.

Das Miniritual für jede Rauhnacht

Du kannst es dir mit den Ritualen leicht machen, sie müssen nicht aufwendig sein. Vielleicht magst du es, einfach die Kostbarkeit des Augenblicks zu spüren und die Besonderheit der Zeit »zwischen den Jahren« zu erleben. Dafür haben wir dieses Miniritual entwickelt:

Zünde täglich ein Kerzenlicht an, setz dich davor und betrachte es. Atme zwölf Mal tief und ruhig ein und aus und zähle dabei in Gedanken die zwölf Monate mit, ein Atemzug für jeden Monat. Denn du weißt, jede Rauhnacht steht für einen Monat des kommenden Jahres. Nach dem Dezember schließt du für ein oder zwei Minuten die Augen und spürst in dich hinein, während du normal weiteratmest.

Blicke dann wieder auf die Kerze und zähle atmend erneut die Monate bis zu dem, der der heutigen Rauhnacht entspricht. Zähle also in der ersten Rauhnacht bis eins, in der zweiten bis zwei und so weiter. Spüre, wie sich das Licht außen in deinem Inneren spiegelt. Nimm das Licht deines Lebens in deinem Herzen wahr und es leuchtet weiter in deinem Inneren, wenn du das kleine Ritual in deiner Zeit beendest und die Kerze vor dir auspustest.

Rauhnachtszeit – Wandelzeit

»Es ist nicht die stärkste Spezies, die überlebt, auch nicht die intelligenteste, es ist diejenige, die sich am ehesten dem Wandel anpassen kann.«

Charles Darwin

Die Rauhnächte *sind* Wandel

Warum können uns ausgerechnet die Rauhnächte so wunderbar dabei unterstützen, den Wandel in unser Leben einzuladen oder ihn zu durchleben, wenn er sich schon angekündigt hat oder bereits in vollem Gange ist? Dafür gibt es viele Gründe.

Von düsteren Perchtenläufen hin zu lichten Ritualen

Wandel zu verstehen, heißt, ihn als natürlichen Teil des Lebens zu erkennen. Genau daran erinnern uns die Rauhnächte Jahr für Jahr auf besonders eindrückliche Weise. Sie markieren den Übergang vom Dunkeln zum Licht. Beginnend mit dem dunkelsten Tag des Jahres feiern die Menschen seit alters her mit ihnen ihr Vertrauen in die Wiederkehr des Lichts. So ist diese heilige Zeit auch ein Symbol für Transformation und Erneuerung.

Die Rauhnächte sind ein uralter Brauch, der sich selbst ebenfalls über die Zeiten hinweg wandelte – gemeinsam mit den Menschen, die ihn zelebrierten. Waren früher insbesondere die Perchten mit ihren teilweise schaurigen Masken und Kostümen ein wesentliches Symbol der Rauhnächte, sind es heute eher das Kerzenlicht und ein liebevoll gestaltetes Tagebuch zur Selbstreflexion. Immer aber war und ist es eine Zeit der Bräuche und der Rituale. Und Rituale sind seit jeher ein Weg, Welt zu wandeln. Sie gehen über einen Ist-Zustand hinaus in etwas Neues, das entstehen soll. Sie schaffen Bewusstsein im Menschen, auf dessen Boden dieses Neue gedeihen kann.

Die früheren Rituale der Rauhnächte hatten passend zu den bäuerlichen Kulturen des Alpenraumes die Fruchtbarkeit im Fokus. Die Perchtenläufe sollten die Erde, den fruchtbaren Boden, neu erwecken. Die Krampusse vertrieben das Dunkel, um Platz für einen neuen Frühling zu schaffen.

In den letzten etwa dreißig Jahren entdeckten immer mehr Menschen die Rauhnächte neu für sich. Sie besannen sich auf die alten Traditionen und läuteten dabei einen Wandel ein, indem sie das Überlieferte an ihr mittlerweile sehr modern gewordenes Leben anpassten. Die Selbstreflexion und der individuelle persönliche »Frühling« rückten in den Fokus. Die Rauhnächte wurden zu einem Sinnbild dafür, aus der Ruhe heraus Chancen für das Neue zu entdecken und zu nutzen. Und damit wurden sie zu einem Symbol für Wandel in unserer gegenwärtigen Zeit.

Vermehrtes Erleben der Stille und kleine Rituale wie das Räuchern bringen ihrerseits Wandlungsprozesse in Gang. Inneres bewegt und ordnet sich neu. Äußeres erfährt Reinigung als Einladung für Neues.

Was damals wie heute ganz unmittelbar zu den Rauhnächten gehörte, ist das Zusammenkommen, das Miteinander an den kalten, dunklen Tagen. Früher rückten die Menschen nach getaner Jahresarbeit draußen auf dem Feld und in der

Tenne eng zusammen und erzählten sich am Feuer des Ofens Geschichten. Heute bringen uns die Weihnachtszeit und Silvester mit Familie und Freunden enger zusammen. Das kann sehr schön sein, aber auch fordernd. In der intensiveren Gemeinschaft geschieht meist eine innere Bewegung, wir fühlen uns berührt, voneinander beschenkt und manchmal auch getriggert, was wiederum Wandlungsprozesse der inneren Heilung und eines veränderten Umgangs miteinander auslösen kann.

Einem Stern folgen

Die Rauhnächte sind eine Lücke im Jahr. Sie gehören nicht zum alten Jahr und nicht zum neuen. Sie sind herausgehoben. Eine Zeiteinheit in sich, die ihren eigenen Regeln folgt. Der Wandel ist in ihnen zu Hause, das Davor ist anders als das Danach – und dies gilt umso mehr, wenn wir uns bewusst darauf einlassen. Rauhnächte sind seit jeher die Einladung an uns Menschen, das Alte zu verabschieden, das Neue willkommen zu heißen und uns dabei einem Wandlungsprozess anzuvertrauen, der uns zugleich Ausrichtung und Stärke für dieses Neue gibt.

In dieser Lücke, in diesen zwölf heiligen Tagen und Nächten bildet sich das gesamte Jahr ab. Zwischen dem Beenden und dem Neubeginn im Jahresrad liegt dieses Rad des Wandels, wie ein eigenes gesamtes Jahr in allen seinen Facetten dazwischen geschoben.

Diese heilige Zeit ermöglicht uns mit ihrer eigenen Dynamik eine innere Bewegung in die »andere Welt« hinein, aus der uns unendliche Möglichkeiten entgegenkommen. Lassen wir uns darauf ein, steht uns dieses riesige Potenzial zur Verfügung und es kann scheinbar Unmögliches möglich werden.

Es ist wie bei den drei »heiligen Königen« aus Bethlehem – manche sagen auch, es waren Schamanen und Astrologen –, die einen Stern am Himmel sahen und wussten, dass sie ihm folgen wollen. Sie wussten nicht, wohin sie gehen werden oder was dort geschehen wird. Sie wussten nicht, warum es wichtig ist, dass sie sich auf den Weg machen. Aber sie wussten, *dass* es wichtig ist und dass am Ende dieser Reise etwas Außergewöhnliches, etwas Neues auf sie wartet. Und tatsächlich trafen sie schließlich auf eine junge Familie aus der Fremde, die in einem Stall Unterschlupf gefunden hatte, um ihr Kind zu empfangen: Jesus, der ein ganz neues Bild von Nächstenliebe und Frieden, von Heilung und Versöhnung in die Welt bringen sollte.

Während der Rauhnächte haben wir die Gelegenheit, nach ebensolchen Zeichen wie dem Stern von Bethlehem Ausschau zu halten und dem zu folgen, was sich für uns als stimmig zeigt. Wir haben wie selten sonst die Chance, auf das Feinere zu lauschen – in der Welt und in unserem Inneren. Was wir von dort erfahren, kann die Weichen wie von selbst ein wenig nachjustieren oder gänzlich umstellen. Es kann einen Wandel für uns einläuten, so wie die drei Männer aus Bethlehem einen beginnenden Wandel in der Welt bezeugen konnten, der bis heute Bedeutung hat.

Es liegt etwas »in der Luft«

Für diejenigen, die sich dem Zauber der Rauhnächte öffnen, kommt noch etwas Wesentliches und Wandelkräftiges hinzu: In dieser Zeit stehen die Tore zur geistigen Welt weit offen. Man sagt auch: Die Schleier zwischen den Welten sind jetzt besonders dünn oder ganz zur Seite geweht. Vielleicht spürst du das auch, wenn du während dieser heiligen Zeit hinausgehst, insbesondere während der Dämmerung am Morgen oder am Abend. Etwas ist auf eine kaum mit Worten zu beschreibende Weise anders. Ein heiliger Raum tut sich auf.

Früher drückte man diesen Aspekt darin aus, dass man die »Wilde Jagd« über die Erde fegen hörte, wenn es stürmte. Angeführt vom Gott Wotan sammelte dieses Heer aus den geistigen Sphären die Seelen ein, die den Weg in die andere Welt nach dem physischen Tod noch nicht geschafft hatten. Sie räumte auf und sorgte für Ordnung – die Basis für einen Wandel hin zu etwas Neuem.

Heute – in unserer gewandelten Art, die Rauhnächte zu leben – wenden wir uns der geistigen Welt meist auf eine andere Weise zu. Wir öffnen uns für Unterstützung von geistigen Wesen, seien es Krafttiere, Engel, Götter oder Naturwesen. Wir lassen uns von Orakeln inspirieren und lauschen ganz allgemein feiner auf das, was »in der Luft liegt«. All das macht einen Wandel in uns leichter möglich, weil die Impulse aus dem Geistigen etwas in uns bewegen, was sich dann wiederum in unserem Denken, Fühlen und Handeln zeigt. Wir holen uns Kraft und Orientierung aus einer tieferen – oder höheren – Quelle als sonst.

Wandel zeigt sich
ganz einfach auch darin, dass die Tage
jetzt wieder länger werden.
Die Dunkelheit ist überwunden.

Von einer Verbindung zum Höheren erzählen auch viele alte Märchen – so wie das von Frau Holle, die als eine Kraft verehrt wurde, die während der Rauhnächte zu den Menschen kam, um nach dem Rechten zu sehen.

Frau Holle

Eine Witwe hatte zwei Töchter, davon war die eine schön und fleißig, die andere hässlich und faul. Sie hatte aber die hässliche und faule viel lieber, denn es war ihre eigene Tochter. Die andere musste alle Arbeit tun und war das Aschenputtel im Hause. Das arme Mädchen musste sich täglich auf die große Straße bei einem Brunnen setzen und so viel spinnen, dass ihr die Finger zu bluten anfingen.

Eines Tages saß sie wieder an dem Brunnen und spann so viel, dass die Spule ganz blutig wurde. Da bückte sie sich mit ihr in den Brunnen, um sie abzuwaschen. Sie sprang ihr aber aus der Hand und fiel hinab.

Das Mädchen weinte, lief zur Stiefmutter und erzählte ihr das Unglück. Die Frau schalt sie so heftig und war so unbarmherzig, dass sie sprach: »Du hast die Spule herunterfallen lassen, so hol sie auch wieder herauf!«

Da ging das Mädchen zu dem Brunnen zurück und wusste nicht, was sie anfangen sollte. In ihrer Angst sprang sie in den Brunnen hinein, um die Spule zu holen.

Sie verlor die Besinnung, und als sie erwachte, war sie auf einer schönen Wiese. Die Sonne schien warm vom Himmel und überall standen vieltausend Blumen. Auf dieser Wiese ging sie weiter und kam zu einem Backofen, der voll mit Brot war. Das Brot aber rief: »Ach bitte, zieh mich raus, zieh mich raus, sonst verbrenne ich! Ich bin schon längst fertig gebacken.«

Da trat sie an den Ofen und holte alles Brot nacheinander mit dem Brotschieber heraus.
Dann ging sie weiter und kam zu einem Baum, der war voll mit Äpfeln und rief: »Ach bitte, schüttel mich, schüttel mich! Meine Äpfel sind alle miteinander reif.«
Da schüttelte sie den Baum, dass die Äpfel fielen, als regnete es. Sie schüttelte, bis keiner mehr oben war. Als sie alle auf einem Haufen zusammengelegt hatte, ging sie wieder weiter.
Endlich kam sie zu einem kleinen Haus, daraus guckte eine alte Frau, weil sie aber so große Zähne hatte, bekam das Mädchen große Angst und wollte fortlaufen.
Die alte Frau jedoch rief ihr nach: »Was fürchtest du dich, liebes Kind? Bleib bei mir. Wenn du alle Arbeit im Hause ordentlich tun willst, so soll dir's gut gehen. Du musst nur achtgeben, dass du mein Bett gut machst. Du musst es fleißig aufschütteln, dass die Federn fliegen. Dann schneit es in der Welt, denn ich bin die Frau Holle.«
Weil die Alte ihr so gut zusprach, fasste sich das Mädchen ein Herz und willigte ein. Sie erledigte alles nach ihrer Zufriedenheit und schüttelte das Bett immer gewaltig, dass die Federn wie Schneeflocken umherflogen. Dafür hatte sie auch ein gutes Leben bei Frau Holle. Es gab kein böses Wort, aber alle Tage Gesottenes und Gebratenes.
So lebte sie einige Zeit bei Frau Holle, da wurde sie seltsam traurig und wusste anfangs selbst nicht, warum. Endlich merkte sie, dass es Heimweh war. Auch wenn es ihr hier gleich viele tausend Male besser ging als zu Hause, so hatte sie doch ein Verlangen danach, zurückzukehren.
Endlich sagte sie zu Frau Holle: »Ich habe Sehnsucht nach zu Hause. Und wenn es mir auch noch so gut hier unten geht, so kann ich

doch nicht länger bei Euch bleiben. Ich muss wieder hinauf zu den Meinigen.«
Da sagte Frau Holle: »Es gefällt mir, dass du wieder nach zu Hause verlangst, und weil du mir so treu gedient hast, so will ich dich selbst wieder hinaufbringen.«
Sie nahm sie daraufhin bei der Hand und führte sie vor ein großes Tor. Das Tor schwang auf, und als das Mädchen gerade darunter her ging, fiel ein gewaltiger Goldregen. Alles Gold blieb an ihr hängen, sodass sie über und über davon bedeckt war.

*»Das sollst du haben,
weil du so fleißig gewesen bist«,*

sprach Frau Holle und gab ihr auch die Spule wieder, die ihr in den Brunnen gefallen war. Darauf schloss sich das Tor und das Mädchen befand sich oben auf der Welt, nicht weit entfernt vom Haus der Mutter.
Als sie in den Hof kam, saß dort der Hahn auf dem Brunnen und rief: »Kikeriki, unsere goldene Jungfrau ist wieder hie.«
Sie ging hinein zu ihrer Mutter, und weil sie so mit Gold bedeckt ankam, ward sie von ihr und der Schwester gut aufgenommen.
Sie erzählte alles, was ihr passiert war. Als die Mutter hörte, wie sie zu ihrem großen Reichtum gekommen war, wollte sie, dass der anderen, hässlichen und faulen Tochter dasselbe Glück widerfuhr.
So setzte diese sich an den Brunnen und fing an zu spinnen. Da sie aber keine Geduld hatte, stach sie sich absichtlich in den Finger und

stieß die Hand in eine Dornenhecke, damit die Spule blutig wurde. Dann warf sie die Spule in den Brunnen und sprang selber hinein. Sie kam, wie ihre Schwester, auf die schöne Wiese und ging auf demselben Pfade weiter. Als sie zu dem Backofen gelangte, schrie das Brot wieder: »Ach bitte, zieh mich raus, zieh mich raus, sonst verbrenn ich! Ich bin schon längst fertig gebacken.«
Die Faule aber antwortete: »Da hätt ich Lust, mich schmutzig zu machen«, und ging fort. Bald kam sie zu dem Apfelbaum, der rief: »Ach bitte, schüttel mich, schüttel mich! Meine Äpfel sind alle miteinander reif.«
Sie antwortete aber: »Du kommst mir recht! Es könnte mir doch einer auf den Kopf fallen«, und ging damit weiter.
Als sie vor das Haus der Frau Holle kam, fürchtete sie sich nicht, weil sie von ihren großen Zähnen schon gehört hatte, und verdingte sich gleich zu ihr.

Am ersten Tag strengte sie sich gehörig an und war fleißig.

Sie folgte der Frau Holle artig, wenn sie ihr etwas auftrug, denn sie dachte an das viele Gold, das sie ihr schenken würde. Am zweiten Tag aber fing sie schon an zu faulenzen. Am dritten noch mehr und wollte morgens gar nicht aufstehen. Sie machte auch der Frau Holle das Bett nicht, wie sich's gebührte, und schüttelte es nicht, dass die Federn aufflogen.
Das ward die Frau Holle bald müde und sagte ihr den Dienst auf. Die Faule war damit wohl zufrieden und meinte, nun würde der Goldregen kommen. Die Frau Holle führte auch sie zu dem Tor.

Als sie aber darunter stand, ward statt des Goldes ein großer Kessel voll Pech ausgeschüttet.
»Das ist zur Belohnung deiner Dienste«, sagte die Frau Holle und schloss das Tor zu. Da kam die Faule heim, aber sie war ganz mit Pech bedeckt.
Der Hahn auf dem Brunnen rief, als er sie sah: »Kikeriki, unsere schmutzige Jungfrau ist wieder hie.«
Das Pech aber blieb fest an ihr hängen und wollte, solange sie lebte, nicht abgehen.

Ist Wandel gleich Veränderung?

Wandel lässt sich nicht machen. Wir können einen Wandel nicht vornehmen, wir können ihn uns nicht als Ziel setzen und daran arbeiten. Doch wir können ihn einladen und uns für ihn öffnen. Wir können ihm den Raum geben, den es braucht, damit er geschehen kann.

Im Wandel schwingt auch die Verwandlung mit. Ein gleichsam magischer Vorgang, an dessen Ende wir uns anders fühlen, neu denken und empfinden und dann mit neuen Emotionen und Gedanken auf unsere Mitmenschen und unsere Umwelt zugehen, was wiederum diese zu einem Wandlungsprozess einlädt. Wandel ist allgegenwärtig, ein natürlicher Aspekt des Lebens. Doch ist Wandel einfach eine Veränderung?

Neue Kleider – oder neues Sein?

Erleben wir einen Wandel, sobald sich etwas verändert? Meinen die beiden Begriffe letztlich das Gleiche? Im alltäglichen Sprachgebrauch nutzen wir Wandel und Veränderung oft synonym. Wir sagen beispielsweise, dass wir in einer Zeit des Wandels leben, in der sich viel verändert. Und richtig: Bei beiden Begriffen ist etwas am Anfang anders als am Ende. Wir hier wollen allerdings sehr viel genauer hinschauen, dorthin, wo sich die beiden unterscheiden.

Was den Wandel von der Veränderung trennt, ist nämlich genau das Wesentliche, um das es uns hier geht: Es ist die Tiefe, aus der heraus sich der Wandel entfaltet, während die Veränderung sehr viel alltäglicher und oberflächlicher sein kann. Wir nehmen uns eine Veränderung vor und setzen sie um. Zumindest wenn wir dranbleiben.

Am Beispiel der Neujahrsvorsätze lässt sich der Unterschied recht gut erklären. Vielleicht gehörst du auch zu den Menschen, die sich für das neue Jahr immer wieder sehr viel oder sehr Wesentliches vornehmen. Weniger Süßes essen, mehr Yoga üben, öfter joggen gehen – diese typischen Vorsätze sind von einem Wunsch nach Veränderung getragen. Wir haben die Idee, etwas anders zu machen als bisher. Diese Idee ist meist eine Vorstellung davon, wie es sein könnte. Etwas, das aus unserem Kopf kommt. Dieses Erwartungsbild setzen wir um. Mehr oder weniger ausdauernd. Mehr oder weniger erfolgreich.

Solange es klappt, fühlen wir uns gut. Es stärkt unsere Selbstwirksamkeit und wir profitieren von den Effekten, wegen denen wir den Vorsatz gefasst hatten. Funktioniert es nicht und verläuft unser Vorhaben im Sand, sind wir häufig unzufrieden und frustriert. Und meist erleben wir genau das nicht zum ersten Mal. Doch irgendwann, spätestens zum nächsten Neujahr, nehmen wir uns wieder eine Veränderung vor. Und wir hoffen, dass es diesmal etwas bringen wird, und nutzen vielleicht neue Tools zur Motivation und Zielerreichung.

Wenn es um einen Wandel geht, dann rutscht das ganze Geschehen vom Kopf ins Herz. Wir ringen nicht mit Disziplin und motivierenden Listen darum, ein Vorhaben umzusetzen. Wir werden vielmehr aus der Tiefe heraus an einen ganz neuen Ort des Seins getragen. Wir erspüren aus unserem gesamten Wesen, aus unserer Mitte heraus, was ist und wohin es uns leise zieht. Wir erleben unser Inneres und das Gebot der Stunde – immer wieder neu. Wir erkennen, anerkennen, fließen mit, lassen uns anziehen. Unsere Seele folgt einem inneren Sehnen, das in Herz und Verstand gleichermaßen wurzelt. Was das alles genau heißt und wie du dein Bewusstsein für den Wandlungsweg öffnest, kannst du mit uns gemeinsam im dritten Teil des Buches minutiös durch die Rauhnächte hindurch erfahren und miterleben.

Du veränderst etwas – und es wandelt sich

Veränderung und Wandel haben bei aller Differenzierung viel miteinander zu tun. Viele Veränderungen ziehen auch einen Wandel nach sich. Genau betrachtet könnte man sagen: Wenn du eine Veränderung vornimmst und sie eine Zeit lang lebst, wird dich das wandeln. Du kannst vorab nicht wissen, wer du sein wirst, wie du dich fühlen und was du denken wirst, wenn du über einen Zeitraum das neue Verhalten an den Tag gelegt hast. Was dieses Verhalten ausmacht – die Veränderung –, das kannst du bestimmen und gestalten. Wie es dich wandeln wird, das wirst du erleben. Es steht nicht vorher fest, du kannst es nicht wissen. Du kannst nur dem folgen, was du dir vorgenommen hast, und beobachten, ob sich allein durch das Sich-etwas-Vornehmen etwas wandelt.

Sich etwas vorzunehmen, findet oft im Kopf statt, doch kannst du sicher sein, dass dein Herz, dein Körper, dein ganzes Sein auch dahin möchte? Ist es das, was deine Seele wirklich will? Alle Ebenen, die wissenden und die unbewussten, sind eingeladen, den Wandel mitzugestalten. Vom Kopf her gesteuerte Veränderungen führen nicht immer zum Erfolg. Der Kopf holt uns gern vom wirklichen Wandel weg, von dem, was Herz *und* Verstand, was dein Wesen als Gesamtheit möchte.

Veränderung heißt, wir ziehen neue Kleider an.
Wandel heißt, wir selbst werden neu.

Mit dem im dritten Buchteil beschriebenen detaillierten Wandlungsprozess kannst du einen ganz neuen, langsameren und sehr intuitiven Weg einschlagen, um die alte Spur zu verlassen und wirklichen Wandel kennenzulernen. Du kannst verstehen lernen, dass Wandel eine natürliche Facette des Lebens ist.

Die Phasen des Wandels

Alltäglich nehmen wir kleine und größere Veränderungen vor – und unentwegt wandelt es uns. Leben ist Wandel. Auch wenn wir in Trott und Einerlei versinken, wird uns das wandeln. Und auch dann, wenn ein einmal eingeschlagener Weg nicht mehr passt. Dann versucht das Leben, Lösungen zu finden, uns auf andere Wege zu führen und alles wieder stimmig werden zu lassen.

Ein Wandel ist ein Übergang von einem Zustand in einen anderen. Sehr häufig hat er anfangs etwas Krisenhaftes, das uns mehr oder weniger schwer zusetzt. Es beginnt damit, dass

Gewohntes unsicher wird, dass Vertrautes instabil wird, dass wir realisieren, dass das Alte nicht mehr trägt.

Lassen wir es los oder wird es uns entrissen, entsteht eine Leere. Ein Raum des Nichts, des Dazwischen, eine Transitzone, die sich manchmal unangenehm anfühlt, als hätte das Leben uns vergessen. Es ist, als säßen wir in einem Wartezimmer. Nichts scheint voranzugehen … und dann plötzlich werden wir aufgerufen.

Im Prozess des Wandels schauen wir aus dieser Leere heraus manchmal noch zurück – mit Wehmut, Bedauern oder auch Schrecken, je nachdem, was es ist, das hinter uns liegt. Was vor uns liegt, wissen wir nicht. Wir können nicht erkennen, was die Zukunft bringt und wohin uns das Leben führt. Das kann uns Angst machen und vielleicht beginnen wir dann, in irgendeine Richtung zu drängen, die uns Sicherheit oder sogar Glück verheißt. Doch nur allzu oft – und das kennst du sicherlich – funktionieren all unsere Versuche dieser Art nicht, solange es einfach noch nicht »so weit« ist. Solange der not-wendig gewordene Wandel nicht vollzogen ist, geht es nicht weiter. Wir müssen warten.

In dieser Phase des Übergangs kann etwas richtiggehend Magisches geschehen. Ein Transformationsprozess, eine Art geheimnisvolle Alchemie, die uns zu einem neuen Ufer führt. Irgendwann wird dieses Neue am Horizont für uns erahnbar. Es eröffnet sich uns eine neue Perspektive, ein Ausblick, eine Lösung. Und sie hat nicht mehr viel mit dem Alten zu tun. Nach und nach gestaltet sich das Neue – der Wandel ist vollzogen. Wir sind an einem neuen (inneren) Ort.

Sich öffnen für Wandel

Manchmal spüren wir, dass ein Wandel ansteht, und wir begrüßen ihn voller Zuversicht. Doch es gibt auch die Zeiten, in denen er nicht etwa sanft an unsere Tür klopft, sondern sie uns regelrecht eintritt. Es gibt einen Wandel, den wir von uns aus einladen und begrüßen – und es gibt einen Wandel, der über uns hereinbricht, den wir nicht erwartet haben und den wir nicht wollen.

Dennoch lässt er uns die Wahl. Wir können nicht wählen, *ob* wir diesen Wandel erleben wollen. Aber wir können wählen, *wie* wir damit umgehen, und akzeptieren, dass er da ist. Wir können wählen, wie wir damit umgehen, dass es unausweichlich geworden ist, etwas Bisheriges gehen zu lassen und etwas Neuem Raum zu geben. Wir können dagegen ankämpfen, uns dagegen wehren, im Widerstand gegen die Veränderung am Alten festhalten. Oder wir können uns dem Geschehen hingeben. Wir können Ja sagen zu dem, was ohnehin geschieht und was größer ist als wir selbst. Wir können mitgehen und uns dem Fluss des weiteren Lebens anvertrauen.

»Abschiede sind Tore in neue Welten.«

Albert Einstein zugeschrieben

Was vielleicht auch in deinen Ohren sehr schön und sehr sanft klingt, kann ungeheuer schwer sein. Zumindest am Anfang, wenn uns der Schmerz über den Verlust dessen, was wir gewohnt sind, was wir sogar lieben, zu überwältigen scheint. Und vielleicht braucht es eine ganze Zeit, bis wir uns zu diesem Ja hinbewegt haben. Dann wird es leichter. Aber auch das können wir nicht »machen«. Es braucht seine Zeit. Auch unsere Entwicklung von anfänglichem Widerstand hin zur Hingabe ist ein Wandel, ein Prozess tief in unserem Inneren. Und wir dürfen ihn sich voller Mitgefühl entfalten lassen. Auch der Schmerz und die Trauer gehören dazu.

Bei dir ankommen

Innehalten und bei sich selbst ankommen – eigentlich ist das der Wegweiser, der uns in so ziemlich jeder Lebenslage die Richtung zeigen kann. Umso mehr natürlich, wenn wir die anfänglichen emotionalen oder äußerlichen Wirrungen eines beginnenden Wandels durchleben, den wir so nicht erwartet oder gewünscht hatten.

*»Wer innehält,
bekommt von innen Halt.«*

Laotse

Bei uns selbst ankommen heißt immer auch, stiller zu werden und im jetzigen Moment stehen zu bleiben. Es heißt, unser aktuelles Sosein zu erfahren und die unterschiedlichen Facetten davon zu bemerken. Was sind für Gedanken da? Wie geht es dem Körper? Welche Gefühle zeigen sich? Was ist gerade los? Was macht unsere derzeitige Lebenssituation aus? Was macht uns selbst in diesem Moment aus?

Die innere Zuwendung zu uns selbst ist bereits ein Wandel im Kleinen. Vielleicht kennst du diese Momente, in denen du still wirst. Vielleicht hält nach längerem inneren Kämpfen und Rasen etwas in dir an. Es ist wie ein Wachwerden, ein »Oh, ich bin da«. Wie ein Auftauchen aus einem Ozean von Gedanken, Sorgen, Ideen und Plänen. Plötzlich Stille. Raum zum Atmen. Und der Zugang zu einer Ebene, von der aus alles weniger problematisch erscheint. Lösungen rücken leise in den Bereich des Möglichen, neue Wege offenbaren sich.

Wenn alles um dich herum ein großes Durcheinander ist, du hibbelig und unruhig bist, dann gibt es da eine Konstante, die dich trägt. Es gibt etwas, das immer für dich da ist – und das ist dein Herz. Es ist zuverlässig, auch wenn es manchmal schneller schlägt und manchmal langsamer, auch wenn es mal stolpert. Immer ist es da, ganz und gar für dich da.

Dein Herz ist immer für dich da

Such dir einen Ort, an den du dich in Ruhe zurückziehen kannst, und schließe die Augen. Mit deiner inneren Aufmerksamkeit fokussierst du dich auf deinen Atem und beginnst, möglichst gleichmäßig zu atmen. So beruhigst du deinen Körper und lenkst deinen inneren Blick auf dein Herz. Wenn du möchtest, kannst du eine oder beide Hände auf deinen Herzraum legen und dir vorstellen, wie es schlägt. Vielleicht spürst du deinen Herzschlag auch unter deinen Händen oder im Brustraum selbst.

Es dehnt sich aus und zieht sich zusammen, ohne Pause, ohne Wenn und Aber. Es erfüllt seine Aufgabe, ganz gleich, was passiert. Es passt sich den Umständen so weit wie nötig an und bleibt sich und seiner Aufgabe treu. Unbedingt.

So folgst du ihm eine paar Atemzüge lang mit dem Bewusstsein, dass es immer für dich da ist. Du siehst es in seiner Bewegung, spürst seine Liebe zu dir. Denn es tut alles, um dich zu nähren, zu versorgen, dich am Leben zu halten. Wenn du dir dieses Für-dich-da-Sein bewusst machst, lässt dich das vielleicht kurz seufzen. Berührt und dankbar.

Atme ruhig weiter und bleibe einige Zeit mit der Liebe und deinem Herzen verbunden. Du kannst es dir in den schönsten Farben vorstellen und vielleicht auch erfüllt von einer angenehmen Wärme, die sich in deinem Brustkorb ausdehnt. Nach und nach kann sich dein Körper weiter entspannen. Deine Aufmerksamkeit bleibt so lange bei deinem Herzen, wie du magst. Du kannst die Farben, die Wärme und die Liebe sich über deinen ganzen Körper ausdehnen lassen, denn dein Herz versorgt alles, selbst die allerkleinste Zelle. Dein Herz liebt dich bedingungslos.

Diese Übung kann dir helfen, auch stürmische Zeiten zu bewältigen. Solche Zeiten können uns an neue, fruchtbare, sonnige Ufer spülen. Sie erfordern Mut und Stärke. Aber sie entwickeln in uns auch genau diese Qualitäten. Sie machen uns mutiger und stärker. Und sie lassen Vertrauen in uns wachsen, wenn wir erleben dürfen, wie sich Nacht und Tag abwechseln, wie die Sonne immer wieder aufgeht – genauso, wie es nach der dunkelsten Zeit des Jahres wieder heller wird.

Unterstützung aus der Natur

Besonders gut bei sich ankommen können viele von uns in der Natur. Intuitiv zieht es uns hinaus in den Wald, an den Fluss oder See, in die Berge, wenn schwierige Zeiten zu bewältigen sind oder sich etwas in uns klären möchte. Du kannst besonders während der Rauhnächte diese kostbare Möglichkeit ganz bewusst für dich wählen – und auch zu jeder anderen Zeit im Jahr.

Du könntest auch die Wesen der Natur um Hilfe bitten oder sie nach einem Rat fragen, wenn du nicht weiterkommst. Vielleicht lehnst du dich an einen Baum, spürst seine Wurzeln unter dir und beginnst ein Gespräch mit ihm. Dabei kannst du mit all den kleinen Lebewesen in Kontakt treten, die hier in der Erde wohnen, miteinander verbunden und vernetzt, und so Zugang zum großen Wissen von Mutter Erde bekommen.

Du kannst dich wie dein Baum nach oben aufrichten, um wie er ganz da und präsent zu sein, gleichgültig, wie die Umstände auch sein mögen. Du lernst von ihm dein großes Ja zu dir selbst.

Die Natur wandelt sich unentwegt

Die Rauhnächte markieren die dunkelste Zeit des Jahres. Sie sind mit dem Wandlungspunkt des Lichts, mit dem 21. Dezember verbunden. Die Wintersonnenwende verankert tief in uns das Vertrauen, dass es wieder heller und wärmer werden, dass ein neuer Frühling Einzug halten wird.

Den Wandel in der Natur haben wir zutiefst verinnerlicht. Wir wissen um die Zyklen des Tages und des Jahres. Auch wenn sich die natürlichen und klimatischen Bedingungen auf der Erde stetig verändern und wandeln, wissen wir in unseren Breiten, dass es Zeiten mit intensiverem Sonnenlicht und langen Tagen gibt, die sich mit solchen abwechseln, in denen uns das Licht der Sonne nur für kürzere Zeit und deutlich weniger intensiv erreicht. Wir haben tief in uns eingespeichert, wie es sich anfühlt, wenn es allmählich Herbst wird, und wie es ist, wenn dieser dann in den Winter übergeht. Und viele von uns atmen mit jeder Zelle ihres Körpers auf, wenn sich, ganz leise zunächst, der Frühling wieder zeigt.

Der Zauber des Neuanfangs

In einigen Gegenden, insbesondere im süddeutschen Raum, gibt es mitten in manchen Laubwäldern vereinzelt Flächen, die im März plötzlich von Frühlingsboten übersät sind. Das ganze Jahr über scheinen diese Flächen ganz normal zu sein, so wie die umliegenden Waldstücke auch. Laubbäume ragen in den Himmel auf, der Boden ist stellenweise bemoost, Laub liegt herum, Äste, Zweige, die von den Bäumen herabgefallen sind. Im Winter ist die Flora karg. Wenn der Frühling dann seine ersten Anzeichen schickt, wenn wir spüren, dass der Wandel in der Luft liegt, wenn die Vögel wieder zu zwitschern beginnen, wenn sich die Sonne öfter zeigt und ihre Strahlen Wärme senden, dann beginnt sich in diesen Waldstücken etwas zu regen. Grüne Spitzen recken sich aus dem Boden hervor und zeigen nach ein paar Tagen weiße Köpfchen, die sich zu schönen, runden, kleinen Glocken formen, an deren Rand in regelmäßigen Abständen hellgrüne Tupfer sitzen. Noch ein paar Tage später sind diese gesamten Waldflächen mit Märzenbechern übersät. Eine wirklich wundervolle Stimmung liegt über diesen Orten und es sind geradezu heilige Momente, die wir erleben dürfen, wenn wir uns zu diesen Pflänzchen setzen und sie still betrachten.

Sie gehören zu den ersten Boten des Frühlings und sind für unsere Herzen ein Beweis dafür, dass das Leben weitergeht, auch wenn es eine Zeit lang dunkel und kalt war. Es geht eine große Stille von diesen Märzenbechern aus und gleichzeitig scheint es manchmal, als könne man die zarten Glöckchen sanft läuten hören. Wie viel weniger schön und besonders wären diese Momente, wenn es das Dunkel und die Kälte des Winters gar nicht geben würde?

Das Schicksal wenden

Was die Gebrüder Grimm im folgenden Märchen als die drei Basen beschreiben, sind der altgermanischen Überlieferung nach die drei Schicksalsgöttinnen, die Nornen genannt werden. Sie spinnen den Lebensfaden von uns Menschen und sie schneiden ihn auch ab, wenn sich unser Schicksal erfüllt hat. Während der Rauhnächte sind diese Nornen sehr aktiv – jetzt werden die Schicksalsfäden gesponnen, jetzt werden die Weichen für das Kommende gestellt. So erzählte man es sich früher.

Auch aus diesem Grund ist es in dieser außergewöhnlichen Zeit gut, still zu werden und den Schicksalsgöttinnen allen Raum zu geben, unser Leben und die Belange, die uns beschäftigen, auf die allerbeste Weise zu wenden und zu wandeln. Ganz im Vertrauen darauf, dass sie wissen, was das Beste für uns ist – so wie sich das Mädchen in dem Märchen in ihrer Not ganz den Basen anvertraute und diese sich ihrerseits auf ihr Wort verlassen konnten.

Die drei Spinnerinnen

Es war ein Mädchen faul und wollte nicht spinnen und die Mutter mochte sagen, was sie wollte, sie konnte ihre Tochter nicht dazu bringen. Eines Tages überkam die Mutter einmal Zorn und Ungeduld, sodass sie heftig schimpfte, worüber es laut zu weinen anfing. Nun fuhr gerade die Königin vorbei, und als sie das Weinen hörte, ließ sie anhalten, trat in das Haus und fragte die Mutter, warum sie ihre Tochter schlüge, dass man draußen auf der Straße das Schreien hörte.

Da schämte sich die Frau, dass sie die Faulheit ihrer Tochter offenbaren sollte, und sprach: »Ich kann sie nicht vom Spinnen abbringen, sie will immer und ewig spinnen, und ich bin arm und kann den Flachs nicht herbeischaffen.«

Da antwortete die Königin: »Ich höre nichts lieber als spinnen und bin nicht vergnügter, als wenn die Räder schnurren. Gebt mir Eure Tochter mit ins Schloss, ich habe Flachs genug, da soll sie spinnen, so viel sie Lust hat.«

Die Mutter war's von Herzen gern zufrieden und die Königin nahm das Mädchen mit.

Als sie ins Schloss gekommen waren, führte sie das Mädchen hinauf zu drei Kammern, die lagen von unten bis oben voll vom schönsten Flachs.

»Nun spinn mir diesen Flachs«, sprach sie, »und wenn du es fertigbringst, so sollst du meinen ältesten Sohn zum Gemahl haben. Bist du gleich arm, so acht ich nicht darauf, dein unverdrossener Fleiß ist Ausstattung genug.«

Das Mädchen erschrak innerlich, denn sie konnte den Flachs nicht spinnen, und wäre sie 300 Jahre alt geworden und hätte jeden Tag vom Morgen bis zum Abend dabeigesessen.

Als sie nun allein war, fing sie an zu weinen und saß so drei Tage, ohne die Hand zu rühren. Am dritten Tage kam die Königin, und als sie sah, dass noch nichts gesponnen war, wunderte sie sich, aber das Mädchen entschuldigte sich damit, dass sie vor großer Betrübnis über die Entfernung aus ihrer Mutter Haus noch nicht hätte anfangen können. Das ließ sich die Königin gefallen, sagte aber beim Weggehen: »Morgen musst du mir anfangen zu arbeiten.«

Als das Mädchen wieder allein war, wusste sie sich nicht mehr zu helfen und trat in ihrer Betrübnis vor das Fenster. Da sah sie drei Weiber herkommen, davon hatte die erste einen breiten Plattfuß, die zweite hatte eine so große Unterlippe, dass sie über das Kinn herunterhing, und die dritte hatte einen breiten Daumen. Die blieben vor dem Fenster stehen, schauten hinauf und fragten das Mädchen, was ihr fehlte.

Sie klagte ihnen ihre Not, da trugen sie ihr ihre Hilfe an und sprachen: »Willst du uns zur Hochzeit einladen, dich unser nicht schämen und uns deine Basen heißen, uns auch an deinen Tisch setzen, so wollen wir dir den Flachs wegspinnen, und das in kurzer Zeit.«

»Von Herzen gern«, antwortete sie, »kommt nur herein und fangt gleich die Arbeit an.«

Da ließ sie die drei seltsamen Weiber herein und machte in der ersten Kammer eine Lücke, wo sie sich hinsetzten und ihr Spinnen begannen. Die eine zog den Faden und trat das Rad, die andere netzte den Faden, die Dritte drehte ihn und schlug mit dem Finger auf den Tisch. Und sooft sie schlug, fiel eine Zahl Garn zur Erde und war aufs Feinste gesponnen.

Vor der Königin verbarg sie die drei Spinnerinnen und zeigte ihr, sooft sie kam, die Menge des gesponnenen Garns, dass diese des Lobes kein Ende fand. Als die erste Kammer leer war, ging's an die zweite, endlich an die dritte und die war auch bald aufgeräumt.

Nun nahmen die drei Weiber Abschied und sagten zum Mädchen:

»Vergiss nicht, was du uns versprochen hast, es wird dein Glück sein.«

Als das Mädchen der Königin die leeren Kammern und den großen Haufen Garn zeigte, richtete sie die Hochzeit aus, und der Bräutigam freute sich, dass er eine so geschickte und fleißige Frau bekäme, und lobte sie gewaltig.

»Ich habe drei Basen«, sprach das Mädchen, »und da sie mir viel Gutes getan haben, so wollte ich sie nicht gern in meinem Glück vergessen. Erlaubt doch, dass ich sie zu der Hochzeit einlade und dass sie mit an dem Tisch sitzen.«

Die Königin und der Bräutigam sprachen: »Warum sollen wir das nicht erlauben?«

Als nun das Fest anhub, traten die drei Jungfern in wunderlicher Tracht herein, und die Braut sprach: »Seid willkommen, liebe Basen.«

»Ach«, sagte der Bräutigam, »wie kommst du zu der garstigen Freundschaft?«

Darauf ging er zu der einen mit dem breiten Plattfuß und fragte: »Wovon habt Ihr einen solchen breiten Fuß?«

»Vom Treten«, antwortete sie, »vom Treten.«

Da ging der Bräutigam zur Zweiten und sprach: »Wovon habt Ihr nur die herunterhängende Lippe?«
»Vom Lecken«, antwortete sie, »vom Lecken.«
Da fragte er die Dritte: »Wovon habt Ihr den breiten Daumen?«
»Vom Fadendrehen«, antwortete sie, »vom Fadendrehen.«
Da erschrak der Königssohn und sprach: »So soll mir nun und nimmermehr meine schöne Braut ein Spinnrad anrühren.« Damit war sie das ungeliebte Flachsspinnen los.

Vom Ziel sich ziehen lassen

Ich suche nicht – ich finde

Suchen, das ist Ausgehen von alten Beständen und
ein Finden-Wollen von bereits Bekanntem im Neuen.

Finden – das ist das völlig Neue!
Das Neue auch in der Bewegung.

Alle Wege sind offen und was gefunden wird,
ist unbekannt.
Es ist ein Wagnis – ein heiliges Abenteuer.

Die Ungewissheit solcher Wagnisse können eigentlich
nur jene auf sich nehmen, die sich im Ungeborgenen
geborgen wissen, die in die Ungewissheit,
in die Führerlosigkeit geführt werden, die sich
im Dunkeln einem unsichtbaren Stern überlassen,
die sich vom Ziele ziehen lassen und nicht –
menschlich beschränkt und eingeengt –
das Ziel selbst bestimmen.

Dieses Offensein für jede neue Erkenntnis
im Außen und Innen: Das ist das Wesenhafte des
modernen Menschen, der in aller Angst
des Loslassens doch die Gnade des Gehaltenseins im
Offenwerden neuer Möglichkeiten erfährt.

Pablo Picasso

Pläne, Ideen, Visionen? Lass sie los

Dieses wundervolle Gedicht von Pablo Picasso beschreibt Wandel so treffend, wie es mit Worten wohl nur möglich ist. Und so ist es für uns in diesem Kapitel genau der Leitstern, von dem es spricht. In unserem Leben allerdings suchen wir bislang wohl eher, als dass wir finden. Wir gehen ganz anders an die Sache heran. Pläne zu machen, ist eine Gewohnheit, die wir mehr oder weniger alle haben. Wir entwickeln und verfolgen Ideen und halten gern nach einer Vision Ausschau, die uns auf unserem weiteren Weg tragen soll. Es wird affirmiert, manifestiert und visualisiert, um genau das ins Leben zu ziehen, was uns als gut und schön und wünschenswert erscheint. Schließlich meinen wir zu wissen, was wir wollen, damit wir uns ein gutes Leben aufbauen können. Doch tun wir das?

Die Frage ist zudem: Funktioniert es? Werden wir auf diese Weise glücklich? Wird unser Leben mit dieser Herangehensweise erfüllt? Zweifellos gibt es Menschen, für die dieser Weg in vielen Belangen Erfolg gezeigt hat. Viele Veränderungen lassen sich mithilfe von Plänen, Zielen und Etappenzielen, mit Visionboards und dergleichen anstoßen. Oft ist es auch notwendig und hilfreich, eine Richtung zu haben, in die wir gehen können. Und tatsächlich sind einige Menschen von einer

Vision getragen, die tief aus ihrer Seele kommt und auf der sie ein Leben lang aufbauen können.

Doch wie oft funktioniert es nicht? Wir probieren alles, was in unserer Macht steht, um in eine bestimmte Richtung zu kommen – aber es klappt nicht. Was wir auch versuchen, das Erwünschte stellt sich nicht ein. Oder es gelingt sogar, aber wir fühlen uns dennoch weder erfüllt noch glücklich.

Es ist ein Akt der Selbstliebe, an irgendeinem Punkt etwas Neues auszuprobieren, wenn das bisher Unternommene nicht fruchtet. Es ist wichtig für unsere Selbstwirksamkeit und unsere Selbstachtung, einen neuen Weg einzuschlagen, wenn der alte nicht weiterführt und irgendwo im Dickicht einer Unzufriedenheit mit dem Leben und mit uns selbst endet. »Du kannst Probleme nicht mit der gleichen Denkweise lösen, durch die sie verursacht wurden«, soll schon Albert Einstein gesagt haben.

Der neue Weg kann für dich heute beginnen. Und genau genommen hat er bereits begonnen, in dem Moment, in dem du angefangen hast, in diesem Buch hier zu lesen. Auf diesem Weg stößt du keine Veränderungen auf ein bestimmtes Ziel hin an. Du lässt einen Wandel zu. Dieses Neue, zu dem dich die Rauhnächte einladen, ist ein Weg, dessen Zauber sich in der Stille und der Langsamkeit zu entfalten beginnt.

Aus einer Tulpe wird kein Apfelbaum

Manchmal spinnen wir Visionen, die sich nicht erfüllen, weil sie einfach nicht zu uns passen. Nicht wirklich. Nicht auf dieser tiefen Ebene, auf der sich unser Leben im Einklang mit unserem innersten Wesen entfaltet. Wie oft schnappen wir von irgendwoher auf, wie wir etwas haben wollen, wie wir uns unser Leben wünschen, unseren Partner, unseren Beruf, unser Sein in der Welt. Die unterschiedlichen Medien und insbesondere die Social-Media-Kanäle sind voll von Inspirationen und Verführungen, ganz gleich, ob wir dort auf Mode oder auf Spiritualität schauen, auf Beziehungsleben oder auf Berufliches. Dann verlieben wir uns nur zu leicht in eine schillernde Idee, der auch wir folgen wollen. Doch das Leben selbst hat oftmals etwas anderes mit uns vor. Dann können wir tun und lassen, was wir wollen, es gelingt nicht. Wir kommen nicht dort an, wohin wir wollen. Wir erreichen nicht, was wir uns wünschen.

Manchmal müssen wir Abschied nehmen von Vorstellungen, wie es laufen sollte. Der Wandel tritt häufig genau dann ein, wenn wir von all unseren Ideen, Träumen und Visionen ablassen und dem Leben den Raum geben, sich zu entfalten. Es braucht nicht selten viele Umwege, bis uns dieses Loslassen gelingen mag.

An dieser Stelle möchten wir dir einen wunderschönen Wandlungsprozess in Märchenform in Erinnerung rufen. Bestimmt kennst du die Geschichte von Hans Christian Andersen, die ebenso humorvoll wie liebevoll davon erzählt, dass die Dinge oft anders sind, als wir glauben. Und dann gehen wir durch großen Schmerz und wandeln uns in eine Realität hinein, die so viel schöner ist, als wir es uns je hätten erträumen können. Auch in der folgenden leicht gekürzten Version erzählt die Geschichte auf wundervolle Weise vom Wandel und den Höhen und Tiefen unseres Seelenweges.

Das hässliche junge Entlein

Es war so herrlich draußen auf dem Lande! Es war Sommer, das Korn stand gelb, der Hafer grün, das Heu war unten auf den grünen Wiesen in Schobern aufgesetzt und der Storch ging auf seinen langen roten Beinen und plapperte ägyptisch, denn diese Sprache hatte er von seiner Frau Mutter gelernt. Rings um die Äcker und die Wiesen waren große Wälder und mitten in den Wäldern tiefe Seen. Mitten im Sonnenschein lag dort ein altes Landgut, von tiefen Kanälen umgeben. Hier saß eine Ente auf ihrem Neste, welche ihre Jungen ausbrüten musste. Aber es wurde ihr fast zu langweilig, ehe die Jungen kamen.

Endlich platzte ein Ei nach dem andern. »Piep! Piep!«, sagte es, und alle Eidotter waren lebendig geworden und steckten den Kopf heraus.

»Rapp! Rapp!«, sagte sie, und so rappelten sich alle, was sie konnten, und sahen nach allen Seiten unter den grünen Blättern. Und die Mutter ließ sie sehen, so viel sie wollten, denn das Grüne ist gut für die Augen.

»Wie groß ist doch die Welt!«, sagten alle Jungen. Denn nun hatten sie freilich ganz anders Platz, als wie sie noch drinnen im Ei lagen.

»Ihr seid doch alle beisammen?«, fragte die Mutter und stand auf. »Nein, ich habe nicht alle. Das größte Ei liegt noch da. Wie lange soll denn das dauern? Jetzt bin ich es bald überdrüssig!« Und so setzte sie sich wieder.

»Nun, wie geht es?«, fragte eine alte Ente, welche gekommen war, um ihr einen Besuch abzustatten.

»Es währt so lange mit dem einen Ei!«, sagte die Ente, die da saß. »Es will nicht platzen. Doch sieh nur die andern an: Sind es nicht die niedlichsten Entlein, die man je gesehen?«

»Lass mich das Ei sehen, welches nicht platzen will!«, sagte die Alte. »Glaube mir, es ist ein Kalekutenei (vom Truthahn)! Ich bin auch einmal so angeführt worden und hatte meine große Sorge und Not mit den Jungen, denn ihnen ist bange vor dem Wasser! Ich konnte sie nicht hineinbringen. Ich rappte und schnappte, aber es half nichts. Lass das Ei liegen und lehre lieber die andern Kinder schwimmen.«

»Ich will doch noch ein bisschen darauf sitzen«, sagte die Ente, »habe ich nun so lange gesessen, so kann ich auch noch einige Tage sitzen.«

»Nach Belieben«, sagte die alte Ente und ging von dannen.

Endlich platzte das große Ei. »Piep! Piep!«, sagte das Junge und kroch heraus. Es war so groß und so hässlich! Die Ente betrachtete es: »Es ist doch ein gewaltig großes Entlein«, sagte sie. »Keins von den andern sieht so aus. Sollte es wohl ein kalekutisches Kücklein sein? Nun, wir wollen bald dahinterkommen. In das Wasser muss es, sollte ich es auch selbst hineinstoßen.«

Am nächsten Tage war schönes, herrliches Wetter. Die Sonne schien auf alle grünen Kletten. Die Entleinmutter ging mit ihrer ganzen Familie zu dem Kanale hinunter. Platsch! Da sprang sie in das Wasser. »Rapp! Rapp!«, sagte sie, und ein Entlein nach dem andern plumpste hinein. Das Wasser schlug ihnen über dem Kopf zusammen, aber sie kamen gleich wieder empor und schwammen so prächtig. Die Beine gingen von selbst und alle waren sie im Wasser. Selbst das hässliche graue Junge schwamm mit.

»Nein, es ist kein Kalekut«, sagte sie, »sieh, wie herrlich es die Beine gebraucht, wie gerade es sich hält. Es ist mein eigenes Kind! Im Grunde ist es doch ganz hübsch, wenn man es nur recht betrachtet. Rapp! Rapp! Kommt nur mit mir, ich werde euch in die große Welt führen, euch im Entenhof präsentieren. Aber haltet euch immer nahe zu mir, damit niemand euch trete, und nehmt euch vor den Katzen in Acht!«

Und so kamen sie in den Entenhof hinein. Da drinnen war ein schrecklicher Lärm, denn da waren zwei Familien, die sich um einen Aalkopf bissen, und am Ende bekam ihn doch die Katze.

»Seht, so geht es in der Welt zu!«, sagte die Entleinmutter und wetzte ihren Schnabel, denn sie wollte auch den Aalkopf haben. »Braucht nun die Beine!«, sagte sie. »Seht, dass ihr euch rappeln könnt. Setzt die Füße nicht einwärts: Ein wohlerzogenes Entlein setzt die Füße weit auseinander, gerade so wie Vater und Mutter. Seht: So! Nun neigt euern Hals und sagt: Rapp!«

Und das taten sie, aber die andern Enten rings umher betrachteten sie und sagten ganz laut: »Sieh da! Nun sollen wir noch den Anhang haben, als ob wir nicht schon so genug wären! Und pfui, wie das eine Entlein aussieht. Das wollen wir nicht dulden!« Und sogleich flog eine Ente hin und biss es in den Nacken.

»Lass es gehen!«, sagte die Mutter. »Es tut ja niemandem etwas.«

»Ja, aber es ist zu groß und ungewöhnlich«, sagte die beißende Ente, »und deshalb muss es gepufft werden.«

»Es sind hübsche Kinder, welche die Mutter hat«, sagte eine alte, von allen hoch geachtete Ente. »Alle schön, bis auf das eine. Das ist nicht geglückt. Ich möchte, dass sie es umarbeiten könnte.«

»Das geht nicht, Ihro Gnaden!«, sagte die Entleinmutter. »Es ist nicht hübsch, aber es hat ein innerlich gutes Gemüt und schwimmt so herrlich wie eines von den andern, ja, ich darf sagen, noch etwas besser. Ich denke, es wird hübsch heranwachsen und mit der Zeit etwas kleiner werden. Es hat zu lange in dem Ei gelegen und deshalb nicht die rechte Gestalt bekommen!« Und so zupfte sie es im Nacken und glättete das Gefieder. »Es ist überdies ein Entrich«, sagte sie, »und darum macht es nicht so viel aus. Ich denke, er wird gute Kräfte bekommen, er schlägt sich schon durch!«

»Die andern Entlein sind niedlich«, sagte die Alte. »Tut nun, als ob ihr zu Hause wäret, und findet ihr einen Aalkopf, so könnt ihr mir ihn bringen.«

Und so waren sie wie zu Hause. Aber das arme Entlein, welches zuletzt aus dem Ei gekrochen war und so hässlich aussah, wurde gebissen, gestoßen und zum Besten gehabt, und das sowohl von den Enten wie von den Hühnern. Das arme Entlein wusste nicht, wo es stehen oder gehen sollte. Es war so betrübt, weil es so hässlich aussah und vom ganzen Entenhofe verspottet wurde.

So ging es den ersten Tag und später wurde es schlimmer und schlimmer. Das arme Entlein wurde von allen gejagt. Selbst seine Schwestern waren so böse gegen es und sagten immer: »Wenn die Katze dich nur fangen möchte, du hässliches Geschöpf!« Und die Mutter sagte: »Wenn du nur weit fort wärst!« Die Enten bissen es, die Hühner schlugen es und das Mädchen, welches die Tiere fütterte, stieß mit den Füßen danach.

Da lief es und flog über den Zaun. Die kleinen Vögel in den Büschen flogen erschrocken auf. »Das geschieht, weil ich so hässlich bin«, dachte das Entlein und schloss die Augen, lief aber gleichwohl weiter. So kam es hinaus zu dem großen Moor, wo die wilden Enten wohnten. Hier lag es die ganze Nacht, es war so müde und kummervoll.

Am Morgen flogen die wilden Enten auf und sie betrachteten den neuen Kameraden. »Was bist du für einer?«, fragten sie, und das Entlein wendete sich nach allen Seiten und grüßte, so gut es konnte. »Du bist außerordentlich hässlich!«, sagten die wilden Enten. »Aber das kann uns gleich sein, wenn du nur nicht in unsere Familie hineinheiratest.« Das Arme! Es dachte wahrlich nicht daran, sich zu verheiraten, wenn es nur die Erlaubnis erhalten konnte, im Schilfe zu liegen und etwas Moorwasser zu trinken.

So lag es zwei ganze Tage. Dann lief es weiter über Feld und Wiese. Da tobte ein solcher Sturm, dass es ihm schwer wurde, von der Stelle zu kommen. Gegen Abend erreichte es eine arme kleine Bauernhütte. Die war so baufällig, dass sie selbst nicht wusste, nach welcher Seite sie fallen sollte, und darum blieb sie stehen. Der Sturm umsauste das Entlein so, dass es sich niedersetzen musste, um sich dagegenzustemmen. Und es wurde schlimmer und schlimmer. Da bemerkte es, dass die Tür aus der einen Angel gegangen war und so schief hing, dass es durch die Spalte in die Stube hineinschlüpfen konnte, und das tat es.

Hier wohnte eine Frau mit ihrem Kater und ihrer Henne. Und der Kater, welchen sie Söhnchen nannte, konnte einen Buckel machen und schnurren. Er sprühte sogar Funken, aber dann musste man ihn gegen die Haare streicheln. Die Henne hatte ganz kleine niedrige Beine und deshalb wurde sie Küchelchen-Kurzbein genannt. Sie legte gut Eier und die Frau liebte sie wie ihr eigenes Kind.

Am Morgen bemerkte man sogleich das fremde Entlein und der Kater begann zu schnurren und die Henne zu glucken.

»Was ist das?«, sagte die Frau und sah sich ringsum. Aber sie sah nicht gut und so glaubte sie, dass das Entlein eine fette Ente sei, die sich verirrt habe. »Das ist ja ein seltener Fang!«, sagte sie. »Nun kann ich Enteneier bekommen. Wenn es nur kein Entrich ist! Das müssen wir erproben.«

Und so wurde das Entlein
für drei Wochen auf Probe angenommen,
aber es kamen keine Eier.

Und der Kater war Herr im Hause, die Henne war die Dame und immer sagten sie: »Wir und die Welt!« Denn sie glaubten, dass sie die Hälfte seien, und zwar die bei Weitem beste Hälfte. Das Entlein glaubte, dass man auch eine andere Meinung haben könne! Aber das litt die Henne nicht.
»Kannst du Eier legen?«, fragte sie.
»Nein!«
»Nun, da wirst du die Güte haben zu schweigen!«
Und der Kater fragte: »Kannst du einen krummen Buckel machen, schnurren und Funken sprühen?«
»Nein!«
»So darfst du auch keine Meinung haben, wenn vernünftige Leute sprechen!«
Und das Entlein saß im Winkel und war bei schlechter Laune. Da fielen die frische Luft und der Sonnenschein herein, es bekam solche sonderbare Lust, auf dem Wasser zu schwimmen, dass es nicht unterlassen konnte, dies der Henne zu sagen.
»Was fällt dir ein?«, fragte die. »Du hast nichts zu tun, deshalb fängst du Grillen! Lege Eier oder schnurre, so gehen sie vorüber.«

»Aber es ist so schön, auf dem Wasser zu schwimmen!«, sagte das Entlein. »So herrlich, es über dem Kopf zusammenschlagen zu lassen und auf den Grund niederzutauchen!«

»Ja, das ist ein großes Vergnügen!« sagte die Henne. »Du bist wohl verrückt geworden! Frage den Kater danach – er ist das klügste Geschöpf, das ich kenne –, ob er es liebt, auf dem Wasser zu schwimmen oder unterzutauchen.«

»Ihr versteht mich nicht!«, sagte das Entlein.

»Wir verstehen dich nicht? Wer soll dich denn verstehen können? Du wirst doch wohl nicht klüger sein wollen als der Kater! Bilde dir nichts ein, Kind! Du bist ein Schwätzer und es ist nicht erfreulich, mit dir umzugehen! Sieh nur zu, dass du Eier legst oder schnurren und Funken sprühen lernst!«

»Ich glaube, ich gehe hinaus in die weite Welt!«, sagte das Entlein.

»Ja, tue das!«, sagte die Henne.

Und das Entlein ging. Es schwamm auf dem Wasser, es tauchte unter, aber von allen Tieren wurde es wegen seiner Hässlichkeit übersehen.

Nun trat der Herbst ein. Die Blätter im Walde wurden gelb und braun, der Wind fasste sie, sodass sie umhertanzten, und oben in der Luft war es sehr kalt. Die Wolken hingen schwer mit Hagel und Schneeflocken. Und auf dem Zaun stand der Rabe und schrie »Au! au!« vor lauter Kälte. Ja, es fror einen schon, wenn man nur daran dachte. Das arme Entlein hatte es wahrlich nicht gut!

Eines Abends – die Sonne ging so schön unter – kam ein ganzer Schwarm herrlicher großer Vögel aus dem Busche. Das Entlein hatte solch schöne nie gesehen; sie waren ganz blendend weiß, mit langen, geschmeidigen Hälsen. Es waren Schwäne. Sie stießen einen ganz eigentümlichen Ton aus, breiteten ihre prächtigen langen Flügel aus und flogen von der kalten Gegend fort nach wärmeren Ländern, nach offenen Seen! Sie stiegen so hoch, so hoch, und dem hässlichen jungen Entlein wurde so sonderbar zumute. Es drehte sich im Wasser wie ein Rad rund herum, streckte den Hals hoch in die Luft nach ihnen aus und stieß einen so lauten und sonderbaren Schrei aus, dass es sich selbst davor fürchtete. O, es konnte die schönen, glücklichen Vögel nicht vergessen. Und sobald es sie nicht mehr erblickte, tauchte es gerade bis auf den Grund. Und als es wieder heraufkam, war es wie außer sich. Es wusste nicht, wie die Vögel hießen, auch nicht, wohin sie flogen. Aber doch war es ihnen gut, wie es nie jemandem gewesen. Es beneidete sie durchaus nicht. Wie konnte es ihm einfallen, sich solche Lieblichkeit zu wünschen? Es wäre schon froh gewesen, wenn die Enten es nur unter sich geduldet hätten – das arme hässliche Tier!

Und der Winter wurde so kalt, so kalt! Das Entlein musste im Wasser herumschwimmen, um das völlige Zufrieren desselben zu verhindern. All die Not und das Elend, welches das Entlein in dem harten Winter erdulden musste, zu erzählen, würde zu trübe sein. Es lag im Moore zwischen dem Schilfe, als die Sonne wieder warm zu scheinen begann. Die Lerchen sangen. Es war herrlicher Frühling. Da konnte auf einmal das Entlein seine Flügel schwingen. Sie brausten stärker als früher und trugen es kräftig davon. Und ehe dasselbe es recht wusste, befand es sich in einem großen Garten, wo die Apfelbäume in der Blüte standen, wo der Flieder duftete und seine langen grünen Zweige bis zu den gekrümmten Kanälen hinunterneigte. O, hier war es so schön, so frühlingsfrisch! Und vorn aus dem Dickicht kamen drei prächtige weiße Schwäne. Sie brausten mit den Federn und schwammen so leicht auf dem Wasser. Das

Entlein kannte die prächtigen Tiere und wurde von einer eigentümlichen Traurigkeit befangen.
»Ich will zu ihnen hinfliegen, zu den königlichen Vögeln! Und sie werden mich totschlagen, weil ich, der ich so hässlich bin, mich ihnen zu nähern wage. Aber das ist einerlei! Besser, von ihnen getötet als von den Enten gezwackt, von den Hühnern geschlagen, von dem Mädchen, welches den Hühnerhof hütet, gestoßen zu werden und im Winter Mangel zu leiden!«
Und es flog hinaus in das Wasser und schwamm den prächtigen Schwänen entgegen. Diese erblickten es und schossen mit brausenden Federn auf es los. »Tötet mich nur!«, sagte das arme Tier, neigte seinen Kopf der Wasserfläche zu und erwartete den Tod. Aber was erblickte es in dem klaren Wasser? Es sah sein eigenes Bild unter sich, das kein plumper schwarzgrauer Vogel mehr, hässlich und garstig, sondern selbst ein Schwan war.

Es schadet nichts, in einem Entenhofe geboren zu sein, wenn man nur in einem Schwanenei gelegen hat!

Es fühlte sich ordentlich erfreut über all die Not und die Drangsale, welche es erduldet. Nun erkannte es erst recht sein Glück an all der Herrlichkeit, die es begrüßte. Und die großen Schwäne umschwammen es und streichelten es mit dem Schnabel.
In den Garten kamen einige kleine Kinder, die warfen Brot und Korn in das Wasser. Und das kleinste rief: »Da ist ein Neuer!« Und die andern Kinder jubelten mit: »Ja, es ist ein Neuer angekommen!« Und sie klatschten mit den Händen und tanzten umher, liefen zu dem Vater und der Mutter, und sie sagten alle: »Der Neue ist der

schönste! So jung und so prächtig!« Und die alten Schwäne neigten sich vor ihm.

Da fühlte er sich so beschämt und steckte den Kopf unter seine Flügel. Er wusste selbst nicht, was er beginnen sollte; er war allzu glücklich, aber durchaus nicht stolz, denn ein gutes Herz wird nie stolz! Er dachte daran, wie er verfolgt und verhöhnt worden war, und hörte nun alle sagen, dass er der schönste aller schönen Vögel sei. Selbst der Flieder bog sich mit den Zweigen gerade zu ihm in das Wasser hinunter und die Sonne schien so warm und so mild! Da brausten seine Federn, der schlanke Hals hob sich und aus vollem Herzen jubelte er: »So viel Glück habe ich mir nicht träumen lassen, als ich noch das hässliche Entlein war!«

Eine stabile Basis schaffen

Alles beginnt dort, wo wir gerade stehen. Jeder Wandel setzt dort an, wo wir gerade sind. Wir sind es sehr gewohnt, nach vorn zu schauen. Mit der für uns typischen Zielorientierung sind wir mit unserer Aufmerksamkeit oft schon viele Meter oder gar Kilometer vor dem Punkt, an dem wir selbst tatsächlich stehen. Der Kopf rast voraus und unsere Seele kann kaum folgen – und will es oftmals auch nicht, da sie einen anderen Plan in sich trägt. Wenn er sich erfüllen soll, braucht es ein anderes Vorgehen. Es braucht Ruhe und ein Ankommen am Ort unseres realen Seins.

Ich suche nicht, ich finde … mich

Setz dich einmal entspannt hin und tue nichts anderes, als diesem einen Gedanken nachzusinnen: »Ich suche nicht – ich finde … mich.« Ganz ruhig lauschst du in dich hinein und nimmst dein »Ich finde … mich« wahr. Genau jetzt. Du atmest in deinem eigenen Rhythmus, vielleicht mit einem Staunen. »Ich finde mich. Ich habe mich gefunden.«

Wenn du magst, schau innerlich auf dein Herz oder geh mit deiner Aufmerksamkeit Stück für Stück durch deinen Körper. Dein Gedanke »Ich habe mich gefunden« kann dir ganz neue Impulse vermitteln.

Den gegenwärtigen Platz würdigen

Beim Vorauseilen auf ein Ziel hin werden wir oft ungeduldig und unzufrieden, weil wir noch nicht dort sind, wo wir glauben sein zu müssen oder wo wir meinen, dass es uns besser geht. Dieses Gefühl wandelt sich, wenn wir wieder in den Moment kommen, zu uns selbst, an den Platz, an dem wir gerade stehen. Dort können wir erst einmal tief atmen, uns wahrnehmen, uns niederlassen und die Erde spüren. Das nimmt uns den Druck, irgendwo hinzumüssen. Das Leben hat kein Ziel. Es ist und bleibt Bewegung. Es ist und bleibt Wandel.

Du bist schon da!
Genau dort, wo du jetzt bist. Dort, wo das Leben dich hingestellt hat.

Von deinem Platz aus kannst du würdigen, was bereits erreicht wurde. Du kannst dir bewusst machen, welchen Weg du schon gegangen bist. Vielleicht bemerkst du, wie anders du jetzt im Vergleich zu gestern oder letzter Woche oder letztem Jahr über das denkst, worum es dir in deinem Wandel geht. Welche Schritte du vielleicht schon unternommen hast, was dir bereits begegnet ist, was dir schon klar geworden ist. So vieles ist schon erreicht.

In diesem Bewusstsein wächst auch dein Vertrauen. Besonders in Zeiten des Wandels, wenn so manche Gewissheit schwindet, ist es so wesentlich. Doch wie du sicher weißt, hilft es nicht, sich dieses Vertrauen einzureden. Es hilft nicht, wenn uns jemand sagt: »Du musst vertrauen.« Auch wenn uns dieser Satz selbst nur allzu leicht über die Lippen kommt, wenn wir jemanden sehen, der unsicher ist – er verhallt in der Regel, ohne eine Wirkung zu erzielen.

Vertrauen kommt von innen und kann nicht gemacht werden. Doch es kann sich entwickeln und weiter wachsen. Es ist wie ein inneres Wissen, eine innere Wahrheit von Zuversicht und Zuverlässigkeit. Vertrauen schenkt uns ein Aufgehobensein in etwas Größerem.

Da es so unvergleichlich stützend und stärkend ist, möchten wir dir eine Anregung dafür geben, wie du dein Vertrauen in dich selbst und ins Leben nähren kannst. Sie beginnt mit einem Blick in die Vergangenheit.

Schätze entdecken

Kram doch einmal in deinen Erinnerungen und finde Situationen, in denen du vom Leben reich beschenkt wurdest. Wann hast du es schon einmal erlebt, dass etwas schwierig war und sich dann auf eine richtig gute Weise weiterentwickelt hat? Wann sind bei dir aus Krisen Geschenke erwachsen? Wann hat sich eine Situation, die für dich sehr schmerzhaft war, am Ende als Glücksfall herausgestellt? Wann lief etwas viel besser, als du es erwartet hattest? Wann hätte sich dein Vertrauen, wenn du es denn schon hättest aufbringen können, absolut bewahrheitet?

Wir alle kennen die Angst vor bestimmten Situationen – und dann läuft alles ganz unspektakulär oder sogar sehr gut. Wir glauben, etwas nicht zu schaffen – und dann meistern wir es mit Bravour. Wir denken, ein Abschied sei das Ende all unseren Glücks – dabei wartet ein viel größeres Glück schon an der nächsten Weggabelung auf uns.

An welche Momente dieser Art erinnerst du dich? Notiere sie dir, um stets darauf zurückgreifen zu können. Sie stabilisieren den Boden, auf dem du stehst. Sie gehören zur Basis, von der aus du weitergehst.

Wenn du möchtest, kannst du für solche Situationen einen kleinen Gegenstand als Symbol finden und in eine Art Schatzkiste legen. Aus jeder bisherigen Krise bist du auf irgendeine Weise gestärkt hervorgegangen. Jedes Mal hast du dich weiterentwickelt, so kannst du viele kleine Fundstücke, die deine persönliche Kraft verkörpern, zusammentragen. Wird es schwierig im Leben, öffnest du dein Schatzkästchen, und das Vertrauen strömt dir entgegen. Mach dir diese Schätze bewusst und spüre, wie das Vertrauen in dir wächst.

Aufrecht und in deiner vollen Größe

Bei allem Wandel ist es wichtig, dass wir in uns selbst immer wieder zu unserer Größe finden. Vielleicht ist da zeitweise das Gefühl, dass uns die Umstände klein werden lassen, dass sie uns schwach machen und wir Schwierigkeiten haben, uns auf unserem Weg zu orientieren. Doch es darf wieder gut werden, auch wenn im Moment nicht viel dafür spricht. Es darf gut sein, auch wenn manches schwierig ist. Es darf gut bleiben, auch wenn Herausforderungen bestehen.

Es ist nicht nötig, sich in eine schmerzliche, enge und furchterfüllte Bescheidenheit zu flüchten. Vielleicht gibt es zeitweise Einschränkungen auf der materiellen Ebene oder in

Sachen Erholung und Freizeit, in Begegnung und Austausch, das mag sein. In manchen Lebensphasen gehört so etwas zum Wandel dazu. Doch die Frage darf immer wieder lauten:

Was ist jetzt stimmig für mich?
Mit welchem nächsten Schritt kann ich dafür sorgen, dass ich mich gut fühle?

Diese Fragen dürfen im Zentrum stehen und sie dürfen in jedem Moment von dir gestellt werden. Mit dem, was sie in dir hervorrufen, machst du manchmal kleine Schritte. Und manchmal triffst du größere Entscheidungen. Wie auch immer diese aussehen, du triffst sie nicht aus der Angst und aus der Enge heraus, sondern aus der Tiefe deines Seins, das mit dem geht, was gerade ist. Einverstanden und auf den Wandel vertrauend. Verbunden mit Mutter Erde unter deinen Füßen und mit dem Himmel über dir. Geborgen im jetzigen Moment und unterstützt von den geistigen Kräften, die dein Allerbestes wollen. Du weißt, dass alles, was ist, zu etwas gut ist. Nicht suchen, sondern finden – das ist der Wandel.

Geh gern immer wieder zur Anregung auf Seite 69 zurück und spüre in den Satz hinein: »Ich suche nicht – ich finde … mich.« Er kann dir eine Ruhe vermitteln, in der du deinen Boden spürst, deine stabile Basis. Von dort aus kannst du dich öffnen und dich, wie es in unserem Gedicht so schön weiter heißt: »vom Ziele ziehen lassen«, ohne es »menschlich beschränkt und eingeengt« selbst zu definieren.

Ungeborgen und doch in Sicherheit

Wandel ist etwas sehr Kraftvolles, das sich vielem entzieht, was wir in unserer heutigen Welt gewohnt sind. Die Rauhnächte, ebenfalls dem Üblichen, dem Alltäglichen entzogen, laden dich zu diesem Besonderen, diesem etwas Andersartigen, diesem Ungewohnten ein. Als Lücke im Jahr sind sie ebenso ein Raum der Leere wie dieses Zwischenland, dieser Transitraum, der auch dem Wandel eigen ist. Das Alte ist vorbei, das Neue noch nicht sichtbar – wir sind im Raum dazwischen und aufgerufen, die Leere zuzulassen und zu schauen, ob uns Impulse erreichen, denen wir folgen wollen.

Ein Impuls aus deinem Herzen ist stärker als noch so viele Gedanken.

Die Kunst ist nun, dem Sog von Vorstellungen und Zukunftsbildern aus unserem Kopf zu widerstehen. Wir lassen zu und drängen nicht zum »bereits Bekannten«, von dem Picasso so treffend spricht. Wir lernen, uns »im Ungeborgenen geborgen« zu fühlen, wissend um den Stern, der sich uns zur rechten Zeit zeigen und uns zu sich ziehen wird. Wir wissen, dass es eine Kraft gibt, die uns führt und begleitet.

Dem Wandlungszauber folgen heißt, offen zu sein und sich auf alles, was kommen mag, einzustellen. Wir nehmen einen sicheren Platz in unserem Herzen ein und üben von dort aus, mit dem zu sein, was ist und was kommt, ohne uns davon umwehen zu lassen. Wir üben, die Dinge zu nehmen, wie sie sind, und damit immer wieder in Balance zu kommen.

Den Weg dorthin machen wir uns ganz leicht. Wir werden langsam und nehmen wahr. Wir erfahren uns selbst – immer wieder neu. So, wie wir sind. Wir müssen nirgends hin und wir müssen in keiner Weise anders sein, als wir es sind.

Wir sind einfach.
Und wir erleben es.

Allein das ist bereits Wandel! Vielleicht berührt es uns tief im Herzen – dieses Loslassen von allem Müssen und Sollen. Vielleicht atmen wir auf, so ganz bei uns selbst ankommend. Ungeborgen und unsicher mag es sein – und doch getragen von einer höheren Kraft.

In der Stille, die in dieser Weise entsteht, weiten wir uns mit all unseren Sinnen. So eine herrliche Ruhe, in der wir nichts brauchen und nichts wollen! Und in der wir uns doch irgendwie niedergelassen haben. Aufmerksam und zugleich entspannt. Wir lauschen dem Fluss des Lebens.

Baust du Mauern oder Windmühlen?

»Wenn der Wind der Veränderung weht, bauen die einen Mauern und die anderen Windmühlen.« Dieses chinesische Sprichwort hatten wir als Motto für dieses Rauhnächte-Wandel-Buch gewählt. Es verdeutlicht sehr schön die beiden Arten, wie wir mit Veränderungen umgehen, die über uns hereinbrechen. Beide haben ihre Berechtigung. Wer Windmühlen baut, nutzt den Wind kreativ und innovativ. Er macht das Beste aus der sich verändernden Situation.

Mauern können genauso stimmig und wichtig sein. Wenn du spürst, dass du einen wie auch immer gearteten Schutzwall brauchst oder dir wünschst, dann folge dem. Wenn du merkst, dass du dich für eine Zeit zurückziehen möchtest, weil dich der Sog ständiger Veränderung zu sehr fordert, dann folge dem. Ein gesundes Maß an Sicherheit brauchen wir schlichtweg zum Überleben. Mauern schützen uns, zumal der »Wind der Veränderung« nur allzu leicht zum Sturm werden könnte. Bleib dabei, immer wieder innezuhalten, dich zu finden und den Impulsen zu lauschen. Ist es für dich stimmig, eine Mauer zu haben, dann rede dir das nicht aus. Lass dieses Bedürfnis zu und prüfe, von welcher Art der Schutz sein könnte.

Denn woraus unsere Mauern bestehen, können wir wählen. Sie müssen ja gar nicht aus Stein oder Holz sein, nicht fest und unverrückbar. Wie wäre es, wenn sie lebendig wären, atmend, sich bewegend, ihrerseits im Wandel? Es könnten andere Menschen sein, mit denen wir uns umgeben, mit denen wir eine schützende und stärkende Gemeinschaft bilden.

Genau das tun wir Menschen seit jeher intuitiv und aus einem tiefen inneren Bedürfnis heraus – nach Nähe, nach Wärme, nach Austausch, Co-Kreativität und eben auch nach Schutz und potenzierter Stärke. So erleichtert Gemeinschaft den Wandel und intensiviert und beschleunigt ihn zugleich durch das Miteinander, den Austausch und die zusammen durchlebten Prozesse. Wer ist mit dir? Mit wem bist du? Wer sind die Menschen, die zu dir gehören, die dich schützen und denen du Schutz gibst, wenn sie ihn brauchen? Mit welchem Kreis umgibst du dich, wenn es stürmisch wird?

Du darfst dich begleitet und geführt fühlen

In der Stille der Rauhnächte spüren wir deutlicher als sonst, dass wir verbunden sind mit uns selbst und mit der Welt. Es ist eine Zeit, in der sich Familie und Gemeinschaft beleben und stärken lassen. Wir fühlen uns jetzt aber auch besonders verbunden mit Kräften, die wir gar nicht so leicht benennen könnten. Mit wohlmeinenden Kräften des Lebens, die für dich die unterschiedlichsten Gestalten haben können. Diese geistigen Kräfte stehen dir immer bei, ob du sie in Form von Naturwesen, Krafttieren, Engeln oder in anderer Art wahrnimmst und ansprichst. In den Rauhnächten sind die Schleier zwischen den Welten dünner und so kannst du dich jetzt noch viel leichter mit unterstützenden Kräften aus den geistigen Sphären verbinden.

Es kann eine sehr tragende Erfahrung sein, sich zu Beginn der Rauhnächte still hinzusetzen und in diese Stille hinein zu fragen, welche unterstützende, liebevolle Kraft dich durch diese heilige Zeit begleiten möchte. Vielleicht erscheint jemand, den du bereits kennst. Sei es dein Schutzengel oder ein Krafttier, mit dem du schon gearbeitet hast. Oder es ist eine ganz neue Kraft für dich. Vielleicht das geistige Wesen von einem Fluss oder einem See in deiner Nähe, von einem Baum vor deinem Fenster, von einer Zimmerpflanze. Oder sei es eine Göttin aus einer alten Religion oder irgendein anderes geistiges Wesen.

Wenn du es weniger gegenständlich halten möchtest, kannst du auch einfach in diese große, unfassbar weite geistige Verbundenheit hineinspüren, die in der Stille und im Beiuns-Sein manchmal bemerkbar wird. Und die dich immer tragen kann. Speziell auch durch die Rauhnächte und ihren Wandlungszauber.

13 Wünsche und die große Offenheit

In unserem ersten Rauhnächte-Buch, vor mittlerweile fast schon fünfzehn Jahren, haben wir das Ritual der 13 Wünsche beschrieben, das sich seither einer enormen Beliebtheit erfreut. Sehr viele Menschen nutzen dieses Ritual jedes Jahr aufs Neue. Mittlerweile wird es auch in anderen Büchern und auf Social Media intensiv geteilt. Wir haben es dir auch hier noch einmal kurz beschrieben, falls du es noch nicht kennst.

Warum aber wird es eigentlich so geschätzt? Natürlich mögen wir alles, was damit zu tun hat, dass sich unsere Wünsche erfüllen. Und bei diesem Ritual ist es so besonders, dass du 12 deiner 13 Wünsche an die geistige Welt übergibst und dich um den 13., der am Schluss übrig bleibt, selbst kümmern darfst.

Was den meisten, die dieses Ritual nutzen, vielleicht gar nicht bewusst ist: Es ist auch eine große Vertrauensübung. Denn wenn du es praktizierst, dann gehst du ganz selbstverständlich von einer geistigen Welt aus, die sich um deine Wünsche kümmert. Jedes Mal, wenn du einen Zettel mit einem Wunsch verbrennst, übergibst du ihn an diese geistige Sphäre. Viele tun es einfach, ohne viel darüber nachzudenken, und aktivieren damit ihre Verbundenheit mit einer Ebene, die ihnen im Alltag vielleicht gar nicht bewusst ist und die sie wenig oder kaum nutzen.

Du öffnest dich für die geistige Welt, so selbstverständlich wie spielend leicht.

Mit diesem Ritual machen wir in gewisser Weise das Fenster zu einer sehr viel größeren Dimension auf, wenden uns an diese Welt, gehen in Beziehung zu ihr und lassen sie damit in unser Leben. Zwölf Mal öffnen wir uns und stärken und nähren auf diese Weise unsere Verbindung ins Geistige hinein. Ein unglaublich großes und wertvolles Geschenk. Und das bereits unabhängig davon, was mit unseren Wünschen geschieht.

Nutze diesen Türöffner ganz bewusst für dich. Nutze deine Verbindung in die geistige Welt, um dich im Wandel während der Rauhnächte und auch in jedem anderen Wandel deines Lebens verbunden zu fühlen. Du bist nicht allein. Die geistige Welt ist immer da. Du brauchst dich ihr nur zu öffnen und dich an sie zu wenden.

Das Ritual der 13 Wünsche

Falls du es noch nicht kennst oder daran erinnert werden möchtest: Hier ist unser Ritual der 13 Wünsche – ganz einfach: Du schreibst auf 13 etwa gleich große Zettel je einen Wunsch für das kommende Jahr. Notiere, was dir wirklich wichtig ist, was du erreichen möchtest, was du dir erträumst. Es können auch Wünsche für die Erde dabei sein, für den Wandel, den sie erlebt und mit ihr die Menschheit. Es können Wünsche für die Natur, für eine spezielle Tierart, für bestimmte Regionen dabei sein. Wenn du fertig bist, faltest du diese Zettel und gibst sie in ein Säckchen oder eine Schachtel.

In den Rauhnächten nun ziehst du jeden Abend einen Zettel. Du schaust nicht nach, was darauf steht, sondern lässt ihn gefaltet. Du wendest dich an die geistige Welt, bittest darum, dass der Wunsch erfüllt wird – und verbrennst den Zettel. Das geht in der Natur in einer kleinen feuerfesten Schale, auf dem Balkon oder auch am Fenster. Während das Papier in Rauch aufgeht, steigt dein Wunsch in die geistigen Sphären auf, wo man sich bestmöglich um ihn kümmern wird. Die Asche kannst du in die Erde oder in einen Blumentopf geben.

Nach zwölf Rauhnächten wird ein einziger Zettel übrig bleiben. Den kannst du am 6. Januar feierlich entfalten und lesen. Es ist der Wunsch, um den du dich selbst kümmern darfst, damit er in Erfüllung gehen kann.

Eine meditative Reise zu den Winden des Wandels

Wir wollen dich zu einer Reise einladen, auf der du die Winde der vier Himmelsrichtungen kennenlernst. Sie werden dir ihre Botschaften mit auf den Weg geben, mit denen du dich ganz auf den Wandel einschwingen kannst. Sie lehren dich zugleich, in deiner Mitte zu bleiben, ganz bei dir selbst, und zu erspüren, was das für dich Stimmige ist.

Die Winde der vier Himmelsrichtungen

Setz dich an einen stillen Platz, an dem du nicht gestört wirst, und komm langsam zur Ruhe, indem du deinem Atem lauschst. Sei ganz bei dir und spüre, wie es ist, da zu sein. Einfach nur da zu sein. Wo du sitzt, ist das Zentrum. Hier ist die Mitte deines Seins. Dort hast du dich gefunden.

Süden: Und nun wendest du dich von dieser Mitte aus dem Süden zu. Du lädst den Sommerwind ein, hier mit dir zu sein und dich zu lehren. Du erinnerst dich vielleicht an die Wärme und die Lebendigkeit von vor ein paar Monaten. Der Südwind ist verbunden mit allem, was wächst und gedeiht. Mit dem Spielerischen und Ursprünglichen. Er unterstützt Mutter Natur dabei, dich und alle Lebewesen zu nähren. Er schenkt dir Vertrauen ins Leben, denn solange er weht, wird das Leben weitergehen. Er findet immer Möglichkeiten, die Dinge in Bewegung zu halten oder wieder in Bewegung zu bringen. Und so, wie er Mutter Erde in ihrer großen Kraft des Wachstums und der Entfaltung unterstützt, so tut er es auch für dich. Spüre, wie auch er dich mit allem nährt, was du für dein Leben brauchst, und wie er dir Kraft gibt.

Manchmal zeigt sich der Wind des Südens auch mit Sommerstürmen und Gewittern, um dich daran zu erinnern, dass du Gewohnheiten infrage stellen und gedankliche Muster verändern kannst. Du kannst Neuem Raum geben und dich stetig weiterentwickeln.

Westen: In deiner Zeit wendest du dich wieder in deine Mitte, atmest ruhig und gehst von dort aus mit deiner Aufmerksamkeit in Richtung Westen. Lade den Westwind zu dir ein, den Herbstwind. Vielleicht erinnerst du dich an abgeerntete Felder, über die du kürzlich noch gewandert bist, um den Alltag von dir abzuschütteln und ein wenig Ruhe zu finden. Die Natur kommt mit dem Wind des Westens zu einem Punkt, an dem etwas fertig geworden ist. Auch du hast in deinem Leben so einiges erreicht und so lädt dich der Herbstwind ein, innezuhalten und dir selbst wie dem Leben für das zu danken, was du ernten durftest. Lass dir dabei etwas Zeit und würdige, was dir bereits an Schönem und Wertvollem gelingen durfte.

Reflektiere mit der Kraft des Westwindes, was du loslassen möchtest – wie die Bäume ihre Blätter im Herbst dem Wind mit auf den Weg geben. Was möchtest du gehen lassen, um Platz zu machen für Frisches und Neues? Der Herbstwind bläst in der nötigen Wildheit durch deine Gedanken und Vorstellungen, um sie zu reinigen. Und wie buntes Laub fliegen die davon, die du nicht mehr brauchst.

Herbststürme sind manchmal heftig und hinterlassen Unordnung. Doch der Wind des Westens kündet dir von Veränderung und du spürst: Es wird sich alles neu ordnen und es ist gut, Dinge auch zurücklassen zu können, damit Neues geboren werden kann.

Norden: Und so atmest du dich wieder in deine Mitte zurück und spürst den Platz, an dem du sitzt. Dann wendest du dich dem Norden zu und lädst den Nordwind ein, hier mit dir zu sein. Du lauschst auf seine Weisheit, denn das ist die große Kraft, die er dir zu schenken vermag. Mit ihm weißt du: Es braucht die eisige Kälte, um das Glitzern des Schnees möglich werden zu lassen. Und es braucht das Dunkel, um in uns ein Bewusstsein für das Licht und seine strahlende Schönheit zu erwecken.

Der Nordwind ist rau und eisig, wenn er im Winter um die Häuser zieht, in denen wir es uns dann umso gemütlicher und behaglicher machen. Er macht dir deutlich, dass alles auf dieser Erde zwei Seiten hat, und lehrt dich die Unterscheidungskraft. Er bringt dir glasklare Luft und lässt dich die Dinge scharf und deutlich sehen. So hilft er dir, deine Gedanken zu ordnen, um auf deinem Lebensweg strukturiert und klar weiterzugehen.

Mit eisigen Böen zeigt er seine Kraft, so als würde er dir zurufen: »Auch du bist kraftvoll, setz dich ein für das, was du willst! Bleib klar in deiner Ausrichtung.« Dabei lässt er dich auch ruhen, wie die Samen im Winter unter ihrer Decke aus Erde und Schnee. Spür nach, wie es ist, den Herausforderungen auch einmal den Rücken zuzukehren, um neue Kraft zu schöpfen.

Osten: Und so nimmst du dich wieder in deiner Mitte wahr und wendest dich von dort aus dem Osten zu. Während du tief ein- und ausatmest, taucht vor deinem inneren Auge das feine Licht eines

Morgens auf. Sanft umspielt eine Brise deine Haut, so als würde sie dich aufwecken. Die Sonne geht auf und so spricht auch der Ostwind von Neubeginn. Er lockt dich heraus aus jedem trübe gewordenen Allerlei und umweht dich mit frischen Impulsen. Wenn du dem Wind des Ostens lauschst, spürst du die Kraft des Neuanfangs. Wie im Frühling. Voller Möglichkeiten, schillernd und bunt.

Mit der Kraft des Frühlingswinds kannst du die vielfältigen Facetten des Lebens mit Abstand betrachten und Herausforderungen scheinen dir gut realisierbar. Genau wie sich das Licht der Sonne langsam, aber stetig nach oben bewegt, gewinnst du mit dem Ostwind zunehmend an Überblick. Wie er die Blütenpollen vieler Bäume von einem zum anderen trägt, so macht er auch deine Vorhaben fruchtbar. Er berührt dich in deinem Innersten, wenn er dich daran erinnert, dass du kraftvoll deine Schritte setzen darfst, dass du stets neue Wege finden und dich dem Wandel immer wieder neu anvertrauen kannst.

Und auch vom Osten kommst du wieder zurück in deine Mitte und nimmst wahr, wie du jetzt bist, nachdem die Winde dich ein Stück begleitet haben. Du hast sie kennengelernt und kannst nun entscheiden, ob du ihnen zeitweise auch einzeln begegnen möchtest, um dir ihre Energie und Kraft zu holen oder dich mit einer Botschaft beraten zu lassen. Du kannst dich mit ihnen mit bewegen, kannst mit ihnen mitschwingen, mit ihnen schweben oder dich tragen lassen, um auch dabei wertvolle neue Erfahrungen zu machen. Mal fordern sie deine Stärke, wenn sie dir entgegenwehen. Dann wieder schenken sie dir Leichtigkeit im Rückenwind. Das Leben ist auch ein Spiel mit den Winden der vier Himmelsrichtungen. Sie sind es, die stets vom Wandel künden.

Nicht-Wissen

Eng mit dem Wandel verbunden begleitet uns etwas unser ganzes Leben lang, obwohl wir es meist nicht bemerken, weil wir es nicht bemerken wollen. Wir mögen es nicht und wir haben viel investiert, um so tun zu können, als wäre es nicht existent.

Doch es ist da: das Nicht-Wissen.

In jedem Moment deines Lebens gibt es unendlich viel mehr, was du nicht weißt, als es Dinge gibt, die du weißt. Vor allem weißt du nicht, was kommen wird. Du weißt nicht einmal, ob die Zukunft feststeht und du nur einem höheren Plan wie einem roten Faden folgst – oder ob sich das Künftige von Moment zu Moment entfaltet, weil eine Zukunft noch gar nicht feststeht, weil es sie noch gar nicht gibt.

Es tragen, verstehen ... und respektieren

Das Nicht-Wissen wird in unserem Empfinden vor allem während eines krisenhaften Wandels groß und mächtig. So oft kämpfen wir gegen unsichtbare Wände an, weil wir uns mit dem, was gerade ist, nicht wohlfühlen. Wir wollen irgendwo hin, wir wollen etwas anderes, als wir gerade haben. Wir wollen ein Ziel erreichen, wir wollen eine Veränderung umsetzen – und wir wollen wissen, ob es klappt, ob es gut wird, ob wir bekommen, was wir ersehnen. Wir wollen wissen, wie es weitergeht. Und das in persönlichen wie kollektiven Themen.

Wenn du die damit verbundene Mühsal kennst, bietet dir dein Dich-Einlassen auf den Wandel einen neuen Ansatz. Wie wäre es nämlich, wenn in diesem Nicht-Wissen eine große Kraft wohnt? Wie wäre es, wenn du dieses viele Nicht-Wissen, das Teil deines Lebens ist, als ein großes Potenzial für dich betrachten könntest? Die Anstrengung, etwas wissen zu wollen, was du ohnehin nicht wissen kannst, würde damit enden. Eine Menge Energie wird frei.

Es erfordert Offenheit und Mut, sich einzugestehen, dass man nicht allzu viel wissen kann.

In unserem Wandlungsprozess, wie wir ihn während der Rauhnächte durchleben, dürfen wir uns auch mit dem Nicht-Wissen anfreunden und das Unbekannte als eine Realität anerkennen. Es beginnt erneut damit, in den Moment zu kommen, festen Boden unter den Füßen zu spüren, durchzuatmen und mit dem zu sein, was gerade ist. Was gerade da ist, das ist das Bekannte. Das ist der Grund, auf dem wir stehen. Es ist, wie es ist. Das ist das Einzige, was wir im Moment wirklich wissen. Und es wird sich wandeln.

Dieser Moment ist alles, was du hast. Die Vergangenheit ist nicht mehr da, sie ist Erinnerung. Die Zukunft ist noch nicht da, sie ist allenfalls eine Vorstellung in deinem Kopf. Das Einzige, was tatsächlich existiert, ist dieser Moment. Du verpasst dein Leben, wenn du in deiner Gedankenwelt hängst, die dich an die Zeit bindet. Das Leben findet hier und jetzt statt. »*Jetzt* ist der Augenblick der Kraft«, sagen die Schamanen.

Die Stille der Rauhnächte und die Verbindung zu der Welt hinter dem offenen Schleier lässt uns leichter als sonst in der Kraft des Moments eine Heimat finden. In der Gegenwärtigkeit und der Ruhe kommst du zu dem Einverständnis, dass du nicht weißt, was kommen wird. Du lässt das Leben sich entfalten, du lässt ihm Raum, das für dich Stimmige aus dem Meer der Möglichkeiten zu schöpfen.

Befreit und leicht

Vielleicht kannst du dir vorstellen, frei und völlig unschuldig auf eine Situation zu schauen, sie zu betrachten und innerlich Abstand zu nehmen, ohne sofort eine Lösung präsentieren zu müssen, ohne handeln zu müssen, ohne zu wissen, wie damit umzugehen ist. Vielleicht sogar, ohne über sie nachzudenken. Karlfried Graf von Dürckheim hat vom »Anfängergeist« gesprochen, mit dem wir an unsere spirituelle Praxis, aber auch ganz allgemein an das Leben in jedem Moment neu herangehen können. Offen für Neues. Offen für bislang nicht Bekanntes, nicht Gedachtes, nicht Geschautes. Für die Lücke voller ungeahnter Möglichkeiten, so wie sie auch die Rauhnächte verkörpern.

Viele Menschen erleben das Abenteuer des Nicht-Wissens, sobald sie sich darauf einlassen können, als große Befreiung. Denn das Wissenmüssen kostet sehr viel Energie. Und diese Energie wird frei, wenn du von Vorstellungen über die Zukunft und vom Wollen ablässt, wenn du aufhörst zu kämpfen und dich damit einverstanden erklärst, nicht einmal den nächsten Schritt zu kennen.

Du verlierst dabei nichts als Illusionen. Dir steht dein ganzes persönliches Potenzial zur Verfügung, alles, was du dir bisher angeeignet hast, sei es faktisches Wissen, sei es dein Erfahrungswissen, seien es all deine Tools und Wege, gut mit Gedanken und Gefühlen umzugehen. All das gehört zu dir. Es bleibt dir und darf sich weiter mehren. Und dazu kommt das großartige Gefühl der Entspannung im Nicht-Wissen. Du bist im Moment, du spürst, wie es in dir weit und weiter wird, wie du zulassen kannst, was jetzt ist … und dann wirst du auch den Impuls nicht verpassen, der dir möglicherweise sagt, was zu tun ist. Damit gehst du den nächsten Schritt, hinein in einen Moment, der wieder neu ist, der gewandelt ist und von dem aus es erneut weitergehen wird.

Spürst du diese Erleichterung?
Du weißt nicht, was kommt.
Und es ist okay.

Der Segen der Langsamkeit

Vieles fällt uns erst auf, wenn wir langsam werden. Wenn wir innehalten und hinschauen. Genau hinschauen. Ganz genau. Wenn wir still werden und lauschen, hinspüren und tiefer gehen.

Stell dir vor, ein Vogel fliegt an dir vorbei und du kannst erkennen, dass es eine Amsel ist. Oder ein Rotkehlchen. Viel mehr bemerkst du nicht, einfach weil es so schnell geht. Würdest du den vorbeifliegenden Vogel filmen und dir die Aufnahme dann in Zeitlupe anschauen, könntest du sehr viel mehr Details wahrnehmen. Du würdest das Gefieder viel genauer ansehen können und erkennen, wie es in unterschiedlichen Farbnuancen schimmert. Du könntest einzelne Federn erkennen und würdest sehen, wie sich die Flügel auf und ab bewegen, wie die Schultermuskulatur arbeitet. Möglicherweise könntest du feststellen, dass sich der Vogel im Flug umschaut, und du würdest diesen einen kurzen magischen Moment erkennen, in dem dir dieses kleine, zarte Wesen direkt in die Augen sieht. Die Zeit würde stehenbleiben und du könntest im Zauber eines solchen Bildes versinken. In der Begegnung zweier Seelen.

In unserem Alltag haben die meisten von uns kaum Gelegenheit, die Dinge in der Tiefe einer Zeitlupe zu erleben. Es gelingt uns kaum, langsam zu sein und die vielen Details dessen, was um uns herum lebt, mitzubekommen. Noch viel weniger erleben wir wirkliche Begegnungen von Seele zu Seele, sie sind rar geworden. Viel zu schnell rauscht alles an uns vorbei – die Stunden und Tage, die Gesichter und Gesten, die Mails, Nachrichten und Infos. Und auch den Wandel erfahren wir oftmals als etwas Rasendes, das über uns hereinbricht – oder als etwas, das wir ersehnen, aber nicht zu fassen bekommen.

Die kleinen Minimomente des Sich-Wandelns

In den Rauhnächten bist du eingeladen, wieder langsam zu werden. Du bist eingeladen, in Ruhe zu atmen und dir vorzustellen, du würdest das Alltägliche zum allerersten Mal erleben. Du bist eingeladen, schlicht zu bemerken, wie lebendig du selbst bist. Kleinere Schritte zu machen und jeden einzelnen davon wirklich mit allen Sinnen zu erleben.

»Der Weise scheint in seinem Handeln langsam und ist doch schnell, er scheint zögernd und ist doch geschwind: weil er auf die rechte Zeit wartet.«

Lü Buwei

Wir sprechen nicht von ungefähr von Wandlungsprozessen. Sie folgen stets einem Muster, das wir erfassen können, wenn wir den Prozess langsam mitverfolgen – wie die Amsel oder das Rotkehlchen, das wir in Zeitlupe an uns vorbeifliegen sehen. Verlangsamt sehen wir Details, die uns andernfalls niemals aufgefallen wären. Wir lernen das Betrachtete sehr viel genauer kennen. Und wenn du das Muster des Wandels kennst, kannst du dich tiefer darauf einlassen und jeden weiteren anstehenden Wandel richtiggehend zelebrieren.

Im zweiten Teil dieses Buches möchten wir dich genau dazu inspirieren. Wir nutzen die Rauhnächte, um einen Wandel zu erleben und gleichzeitig das Durchleben von Wandlungsprozessen einzuüben. In dieser aus dem Gewöhnlichen herausgehobenen Zeit ergreifen wir die Chance, sehr langsam zu werden, vielleicht so langsam, wie du nie zuvor warst. Gemeint ist nicht deine reale Bewegung im Alltag, obwohl du auch damit experimentieren kannst. Es geht um eine Langsamkeit im Inneren, im Sein, letztlich auch im Denken. Der Zauber der Rauhnächte-Zeit unterstützt dich dabei.

»Wer sichere Schritte tun will,
muss sie langsam tun.«

Johann Wolfgang von Goethe

Die folgende an die Zen-Praxis angelehnte Gehmeditation kann dir einen Geschmack dieser Langsamkeit und der Tiefe der Erfahrung geben, die sich dir eröffnet, wenn du gewissermaßen mehr Raum in die Zeit bringst.

Gehmeditation der Stimmigkeit

Du stehst auf deinen beiden Füßen, fühlst unter dir die Erde, innerlich aufgerichtet, und du hältst inne, bist ganz bei dir, in deiner Aufmerksamkeit. Wenn du etwas unsicher auf den Beinen bist, dann halte dich gern an einem Stuhl oder der Türklinke fest, um wirklich sehr langsam üben zu können. Ganz wach wartest du auf den Impuls, einen ersten Schritt zu machen.

Wenn es so weit ist, verlagerst du dein Gewicht sehr langsam von deinen beiden Beinen auf ein Bein. Noch sind beide Füße am Boden, doch das Gewicht geht nun auf den einen Fuß. Du spürst, dass du auch auf einem Bein einen festen Halt hast.

Nun beginnst du den anderen Fuß ganz langsam zu heben. Zuerst löst sich die Ferse vom Boden, die Fußsohle geht nach oben, bis schließlich auch Ballen und Zehen in der Luft sind. Nun kannst du entscheiden: Möchtest du überhaupt einen Schritt setzen oder möchtest du den Fuß wieder abstellen? Möchtest du vorwärtsgehen oder zur Seite oder auch zurück? Spiele damit und folgen deinem Impuls.

Wenn du den Schritt nach vorn setzen willst, dann bewege dein Bein weiterhin sehr langsam nach oben und nach vorn. Spüre, wie der Ballen auf dem Boden aufsetzt. Erlebe einmal genau, wie du deinen Fuß abrollst. Was kommt als Nächstes auf den Boden? Die Außenkante des Fußes? Dann die Sohle bis zur Ferse?

In jedem Moment kannst du neu erspüren, ob es stimmig ist, wie du dich bewegst. Du kannst den Fuß auch erneut anheben und woandershin setzen. Ist er schließlich ganz am Boden und die Bewegung fließt langsam weiter, verlagerst du dein Gewicht wieder mehr auf den neu auf dem Boden stehenden Fuß.

Halte erneut inne und entscheide: Wie gehst du weiter? Gehst du überhaupt weiter? Oder gehst du zurück? Oder bleibst du eine Weile stehen, innehaltend, nachspürend, auf den nächsten Impuls wartend? Immer feiner sind die Regungen, die du wahrzunehmen vermagst.

Und so bleibst du in der Langsamkeit und verharrst oder bewegst dich, so wie es stimmig ist. In jedem Moment neu.

In der Langsamkeit kommst du ganz bei dir an. Ganz im Leben. Immer neu gibt es nichts weiter zu tun, als diesen Moment zu erfahren, dich in ihm zu spüren, mit all dem, was in dir ist. Es wird sich wandeln. Wandel heißt übrigens auch, dass wir Ungutes wiedergutmachen können. In der Langsamkeit und dem dadurch intensivierten Spüren kommen Dinge von innen heraus in Bewegung. Davon erzählt die folgende Geschichte.

Die drei Wunderfische

Ein Fischer, welcher schon viele Tage nichts gefangen hatte, machte sich abermals zum See auf, um seine Netze auszuwerfen. Er hatte zwar wenig Hoffnung, doch er musste es versuchen, denn Frau und Kinder waren hungrig.

Er warf das Netz ins Wasser, und als er es herauszog, lag ein Stein darin. Beim zweiten Mal zog der Fischer einen ertrunkenen Eber hervor. Dann warf er zum dritten Mal das Netz in die See, und als er es wieder herausholte, lag darin ein kleines Kästchen.

Der Fischer nahm das Kästchen heraus und öffnete es. Aber wie erschrak er, als ein Riese herausstieg und zum Fischer sprach: »Dafür, dass du mich ans Tageslicht gebracht hast, empfange deinen Lohn: Ich befehle dir, jetzt selbst in das Kästchen zu steigen. Wenn nicht, so sollst du sterben.«

Der Fischer jammerte und sprach: »Aber wie soll ich denn in diesem kleinen Kästchen Platz finden?«

Der Riese wollte dem Fischer zeigen, dass darinnen genug Raum sei, und stieg selbst wieder in das Kästchen. Kaum war der Riese drinnen, so schloss der Fischer schnell das Kästchen und wollte es wieder in den See werfen.

Der Riese aber bat, er solle dies nicht früher tun, als bis er ihm ein Geheimnis anvertraut habe. Der Fischer gewährte ihm diese Bitte und der Riese sprach: »Ich bin der Geist des Sohnes deines Königs. Mein Vater warf mich in diesen See, weil ich ein großer Sünder gewesen bin. Ich habe den Menschen nur immer Böses zugefügt und viele Rechtschaffene ermordet. Ich soll nach dem Ausspruch meines Vaters nur dann Ruhe finden, wenn ich mich gegen jenen, der mich findet, wohltätig erweise. Das will ich denn nun tun. Höre: Nicht weit von hier findest du einen anderen Teich. Wirf dort dein Netz, und du wirst jeden Tag einen Fisch fangen. Diesen trage an den königlichen Hof, und du bekommst für jeden solchen Fisch einen Dukaten.«

Wie der Geist gesagt, so ist auch alles geschehen. Der Fischer fand den Teich, warf sein Netz ins Wasser und fing einen wunderschönen Fisch. Diesen trug er in das Schloss des Königs. Als die Köchin den prächtigen Fisch erblickte, gefiel er ihr sehr, und sie gab dem Fischer den verlangten Dukaten dafür, denn sie glaubte, dem König heute etwas Besonderes vorzusetzen.

Die Köchin legte den Fisch in die Pfanne und wollte ihn backen. Aber kaum war er über dem Feuer, so sprach er: »Solange Ihr Gutes tut, so lang wird es Euch gut gehen, sobald Ihr aber Böses tut, wird es Euch schlimm gehen.«

Und hierauf flog er durch den Rauchfang fort.

Als am zweiten Tag der Fischer mit einem ebenso schönen Fisch kam, kaufte die Köchin ihn abermals. Doch es ereignete sich dasselbe wie mit dem ersten Fisch. Das wurde dem König erzählt und am dritten Tag war er selbst bei der Zubereitung des Fisches zugegen. Wieder geschah dasselbe.

Der König ließ den Fischer holen. Als dieser kam, erzählte er ihm vom Anfang bis zum Ende alles, was er von dem Geist wusste. Der König hatte eine große Freude daran, dass sein Sohn sich gebessert hatte. Den Fischer nahm er mit seiner ganzen Familie ins Schloss auf und ließ es ihnen an nichts mangeln.

Die Kraft des Lichts ins Herz hineinnehmen

Dies ist eine kleine Meditation, die sich sehr gut für die Rauhnächte eignet, für diese Zeit der Stille, der Dunkelheit und des Lichts. Du bringst mit ihr Hell und Dunkel, Hingabe und Erwartung zusammen und erneuerst die Wertschätzung für dein Leben in allem bestehenden Wandel.

Zur Vorbereitung ist es gut, wenn du deinen Raum so weit wie möglich abdunkelst und alle Lichtquellen ausschaltest. Leg dir ein Feuerzeug bereit, eine von diesen kleinen Kerzen, die man auf Geburtstagstorten steckt, und etwas, wo du diese Kerze hineinstecken kannst, einen Apfel vielleicht.

Setz dich dann in deinen dunklen Raum und komm erst einmal zur Ruhe. Verbinde dich mit der geistigen Welt und stell dir vor, wie das Licht des Göttlichen aus den geistigen Sphären zu dir herunterströmt – und während du dein Feuerzeug anschnippst, ist es da und erhellt den Raum. Du zündest die kleine Kerze damit an, machst es dir bequem und schaust der Flamme zu. Still, atmend und ohne jede Absicht bist du in Verbindung mit diesem Licht.

Es gibt nichts zu tun. Es gibt nur dich und dieses Licht. Und während du es beobachtest und mit ihm bist, nimmst du es in dein Herz.

Nach und nach brennt die Kerze herunter. Die Flamme verändert sich kaum, doch die Kerze wird kleiner. Der Flamme wird bald die Nahrung ausgehen. Noch siehst du sie und bist mit ihr. Und irgendwann verlischt sie und du bleibst zurück im Dunkeln. Du bleibst zurück wie ein Samen, der sich im Winter zur Ruhe gelegt hat. Aber immer ist da dieses Wissen um das Licht im eigenen Herzen.

Und wann immer du möchtest, kannst du mit deinem Feuerzeug eine weitere Kerze entzünden und dich erneut mit dem Licht verbinden …, bis es verlischt, während du es weiterhin in deinem Herzen spürst und weißt, dass es immer neu seinen Weg finden wird.

Die Kraft des Lichts in der Gemeinschaft

Diese Lichtmeditation kannst du auch gemeinsam mit der Familie oder mit Freunden machen. Vielleicht wollt ihr euch zusammensetzen, um einfach die Rauhnächte zu feiern. Oder es gibt einen Anlass, um Abschied zu nehmen und dabei das Licht im Herzen zu spüren. Oder ihr wollt euch in einer Angelegenheit gegenseitig unterstützen. Mit diesem kleinen Ritual könnt ihr auch sehr schön zur Ruhe kommen und eure Gemeinschaft spüren.

Richtet euch in einem Raum so ein, dass ihr euch wohlfühlt. Wenn der Raum dunkel ist, erlebt ihr umso besser, wie es dann Licht wird. Stellt in die Mitte eine größere Kerze und setzt euch im Kreis um diese Mitte herum. Alle haben eine dieser kleinen Geburtstagskerzen bei sich und eine Möglichkeit, sie stabil vor sich hinzustellen.

Wenn alle sitzen, kommt ihr zunächst ein wenig zur Ruhe. In Verbindung mit der geistigen Welt und der Schöpferkraft ladet ihr das Licht ein, während eine oder einer von euch die Kerze in der Mitte anzündet. Nun sitzt ihr eine Zeit in der Stille, erlebt das Licht in eurer Mitte und wer möchte, kann seine geistigen Helfer einladen und vielleicht auch die Winde der vier Himmelsrichtungen.

Irgendwann spürt der oder die Erste den Impuls, sein eigenes Licht zu entzünden, nimmt die kleine Kerze, geht zur Mitte und entzündet sie an der großen Kerze. Nach und nach entfachen auch die anderen ihr Licht und im Raum wird es immer noch ein bisschen heller. Das Licht verbreitet sich und gemeinsam beobachtet ihr in der Stille, in der Ruhe, wie ihr dasitzt. Jede und jeder hat ein eigenes Licht und doch seid ihr alle verbunden mit dem großen Licht, mit der Schöpferkraft und dadurch miteinander. Nach und nach werden eure Kerzen kürzer und bald beginnen die ersten wieder zu erlöschen. Übrig bleibt das große Licht der Schöpferkraft in eurer Mitte, mit dem ihr immer in Verbindung seid.

Mit einem Summen, einem Lied, einer Danksagung an die geistige Welt könnt ihr dieses Ritual beenden und euch vielleicht austauschen über die Erfahrung, Licht zu entzünden, Licht zu sehen und wirklich Licht zu sein. Für sich und zugleich verbunden mit allen anderen. Viel Freude damit!

Überlass dich freudig einem unsichtbaren Stern

Wie fühlt sich das bis hierhin Gelesene für dich an? Spürst du die Freude, die Kraft, die Leichtigkeit, die im Wandel liegt? Sie sind da, sobald wir bereit sind, uns auf seinen Zauber einzulassen. Sobald wir die Neugierde begrüßen, die uns ins Meer der Möglichkeiten tauchen lässt. Von dessen Grund holen wir das für uns Stimmige herauf und nehmen es mit ans Ufer. Um es zu erfahren, um es zu gestalten, um mit ihm zu leben – bis uns der Wandel das Nächste beschert, das sich uns eröffnen will. Das Leben ist so unermesslich reich!

Der unsichtbare Stern, von dem Picasso in seinem Gedicht spricht, bleibt unsichtbar. Doch in uns wächst ein freudiges Ja zu dem »heiligen Abenteuer« und dazu, ihm zu folgen. Unser Herz ist offen für den Wandel, da uns das Gespür für Stimmigkeit Schritt für Schritt, von Moment zu Moment trägt.

Lass uns also einsteigen in den Prozess, den wir mit dem 21. Dezember, der Wintersonnenwende, beginnen. Viel Freude damit und einen inspirierenden und kraftvollen Wandel.

Wandel – Rauhnacht für Rauhnacht

»Auf Veränderung zu hoffen, ohne selbst etwas dafür zu tun, ist wie am Bahnhof zu stehen und auf ein Schiff zu warten.«

Albert Einstein

Dein Begleiter durch einen Wandlungsprozess

Die folgenden Seiten sprechen dir eine ganz besondere Einladung aus. Die Rauhnächte halten diese Einladung jedes Jahr bereit – doch nur ganz wenige von uns haben sie bislang gehört und in ihrer Tiefe wahrgenommen. Es ist – das weißt du an dieser Stelle bereits – die Einladung zu einem tiefgreifenden Erleben von Wandel. Lassen wir uns nun also gemeinsam darauf ein.

In vierzehn Schritten folgen wir dem Prozess und es ist nur ein einziger winziger Schritt an einem Tag, den es zu erleben gilt. Mehr braucht es nicht. Und mehr sollte es auch nicht sein, damit der Wandel in seinen Phasen für uns tatsächlich erlebbar werden und uns vertraut werden kann.

Kleine Minischritte

Die Schritte, die wir hier von Tag zu Tat gehen, sind tatsächlich sehr klein. Sie sind immer noch kleiner, als du denkst, wenn du an kleine Schritte denkst. Und gerade weil sie so klein sind und weil wir so unvorstellbar langsam vorangehen, können deine Vorstellungskraft, dein inneres seelenvolles Fühlen und all die feinen energetischen Bahnen in dir nach und nach das Wesen des Wandels erkennen. Der Weg des Wandels wird dir durch das extrem verlangsamte Gehen so vertraut, dass es dir in all seinen Facetten fortan zur Verfügung steht, sobald ein neuer Wandlungsprozess spürbar wird. Du bildest nicht nur einen inneren Weg für dich aus, du schaffst in all deinen Zellen eine Erinnerung daran, was Wandel bedeutet.

Der nächste Schritt auf diesem Weg ist vom jetzigen Schritt aus nicht vorstellbar. Am heutigen Tag, in der heutigen Rauhnacht ist das nicht denkbar, was am nächsten Tag, in der nächsten Rauhnacht ansteht und erlebt wird. Wir gehen so langsam voran, dass wir niemals über den heutigen Tag hinausblicken und hinausspüren können. Jede einzelne Wandlungsphase dehnt sich in unserer Erfahrung so enorm aus, dass nichts als Gegenwärtigkeit bleibt.

Die Kunst des Wandels liegt in
der Langsamkeit und darin,
das Unberechenbare des Lebens zuzulassen.

Wir wissen nicht, was kommen wird. Nichts ist vorhersehbar. Wir üben uns darin, achtsam in allerkleinsten Schritten vorwärtszugehen. Es ist eher ein Tasten als ein Voranschreiten. Sehr vorsichtig, aufmerksam mit all unseren Sinnen, vollkommen gegenwärtig im Hier und Jetzt. Nach und nach fügen sich die einzelnen Schritte zu einem Weg zusammen. Nach und nach lässt sich ein roter Faden erkennen, der unsere Erfahrungen mit großer Sinnhaftigkeit zusammenhält.

Und natürlich dauert ein solcher Prozess nicht immer 14 Tage und Nächte. Es können auch Minuten sein, in denen er sich vollzieht. Oder Jahre. In der Realität überlappen und verschränken sich viele dieser kleinen und großen Wandelerfahrungen. Denn Leben ist Wandel. Die Rauhnächte aber geben uns die kostbare Gelegenheit, ihn ganz genau zu erfassen, mit großer Bewusstheit zu durchleben und ihn uns zum Freund zu machen. Für all die nächsten Male.

Begib dich hinein und lass das Wunder geschehen

Jede Rauhnacht und jede Phase des Wandels erhält im Folgenden eine Doppelseite dieses Buches, über die du dich lesend und übend in einen Wandlungsprozess hineinbegeben kannst. Indem du dich darauf einlässt, kannst du für ein paar Momente des jeweiligen Tages spüren, wie du in eine andere Bewusstseinsdimension gehoben wirst. Es ist, als würdest du noch einmal auf eine gänzlich neue Weise hinter den Vorhang schauen, der die alltägliche Welt von den tieferen Gesetzmäßigkeiten des Seins zu trennen scheint. Du machst dich auf den Weg – und das Leben kommt dir entgegen.

Die 14 Wandlungsphasen in den Rauhnächten

TAG/RAUHNACHT	DATUM
Wintersonnenwende	21. 12.
Erste Rauhnacht	25. 12.
Zweite Rauhnacht	26. 12.
Dritte Rauhnacht	27. 12.
Vierte Rauhnacht	28. 12.
Fünfte Rauhnacht	29. 12.
Sechste Rauhnacht	30. 12.
Siebte Rauhnacht	31. 12.
Achte Rauhnacht	1. 1.
Neunte Rauhnacht	2. 1.
Zehnte Rauhnacht	3. 1.
Elfte Rauhnacht	4. 1.
Zwölfte Rauhnacht	5. 1.
Heilige Drei Könige	6. 1.

MONAT, dem diese Rauhnacht entspricht	PHASE DES WANDELS
	Erkennen
Januar	Erden
Februar	Dein Ja zu dir
März	Klären
April	Reinigen
Mai	Anerkennen
Juni	Öffnen
Juli	Bereitschaft für das Meer der Möglichkeiten
August	Sehnsucht
September	Mut für den ersten Schritt sammeln
Oktober	Den ersten Schritt wagen
November	Weitergehen oder stehen?
Dezember	In den Weg vertrauen
	»Ich bin der Wandel«

Wintersonnenwende

21. Dezember – der kosmische Auftakt

Es beginnt mit dem Erkennen. So geht es nicht weiter, sagen wir zum Leben. So geht es nicht weiter, sagt oftmals auch das Leben zu uns. Etwas Gewohntes hat sich überlebt, etwas bislang Gültiges verlor seinen Bestand. Scheinbar über Nacht hat uns etwas Geliebtes verlassen oder es schlich sich etwas einstmals Stimmiges nach und nach auf leisen Sohlen davon, während wir sein Verschwinden lange nicht einmal bemerkten. Eine kleine Nuance unseres Alltags funktioniert nicht mehr oder aber es entreißt uns sogar einen vermeintlichen Grundpfeiler unserer Existenz. Der Ausgangspunkt eines Wandels kann so viele Gesichter haben. Auch sie wandeln sich unentwegt auf unserer Lebensreise. Sie sind beständig und doch immer wieder neu.

Nun steigen wir ganz bewusst ein in den transformativen Prozess und laufen nicht mehr vor dem davon, was ist. Wir werden langsam, wir werden genau – und kommen allein damit ins Bemerken, ins Erkennen dessen, was ist. Wir schauen dem gegenwärtigen Moment ins Gesicht, mit allem, was ihn ausmacht, ohne ihn zu bewerten. Wir verorten uns auf der großen, weiten Landkarte des Lebens. Das ist ganz notwendig – der erste Schritt, nur ihm können alle weiteren folgen.

Wandlungsphase: Erkennen

Während die Sonne bei uns heute den kürzesten Weg des Jahres über die Horizontlinie nimmt und die Nacht am längsten ist, gehst du ins Erkennen. Der erste Moment eines Wandels ist gekommen, während du dich fragst, wo du stehst.

Nimm dir heute die Zeit, innezuhalten und ganz bei dir anzukommen. Die folgenden Fragen können dir bei deinem Erkennen behilflich sein:

- Wie geht es mir gerade?
- Was ist genau jetzt in diesem Moment da?
- Wie fühle ich mich?
- Wie empfinde ich meine derzeitige Lebenssituation?
- Was ist aktuell in meiner Familie, was in meinem erweiterten Umfeld wesentlich?
- Wie erlebe ich meine anderen Lebensbereiche – meine Wohnsituation, meine Finanzen, meinen Beruf, mein Wirken in der Welt?
- Wie geht es meiner Seele?
- Was bewegt mich am Weltgeschehen?

Schau dir alles genau an. Bemerke, was dir gefällt und was dir nicht gefällt, und lass dich nicht davon beeindrucken. Du nimmst einfach alles zur Kenntnis. Erkenne, was da ist und wie es dir damit geht. Mehr gibt es nicht zu tun. Geh heute nicht darüber hinaus. Bleib langsam und genau. Erlaube der Langsamkeit und der Genauigkeit, deine Begleiterinnen zu sein.

Die erste Rauhnacht

25. Dezember – der kommende Januar

Um Mitternacht nach dem Heiligen Abend ist es so weit: Die Schleier zwischen den Welten wehen beiseite, die geistige Welt ist uns so nah wie selten sonst, die Rauhnächte beginnen. Und du bist auf deine Weise dabei. Du durchlebst sie auf deine Art, und wie auch immer du diese heilige Zeit verbringen möchtest, du darfst dich auch von dieser Zeit selbst überraschen lassen. Davon, wie sie sich diesmal gestaltet.

Schon dadurch, dass du dich bewusst in dieses ganz besondere Schwingungsfeld hineinbegibst, hast du etwas verändert. Du hast eine Absicht gefasst, nämlich dich auf die stille und transformative Zeit der Rauhnächte einzulassen, das Alltägliche immer wieder für Momente zu verlassen und dich vom Zauber dieser außeralltäglichen Zeit ergreifen zu lassen. Jedes Mal, wenn du dir Zeit nimmst, um innezuhalten, um bewusst zu spüren, lauschend zu atmen, um still zu werden, eine Kerze zu entzünden und ein wie auch immer geartetes Ritual zu vollziehen, nimmst du eine Veränderung vor.

Du veränderst etwas –
und der Wandel kann folgen.

Wandlungsphase: Erden

Wagen wir uns in das Erkennen, in die erste entscheidende Phase des Wandlungsprozesses, entdecken wir vieles ganz neu. Zur Wintersonnenwende hast du hingeschaut. Du bist mit dir selbst genauer darüber ins Gespräch gekommen, wo du stehst und wie es dir geht. Das kann sehr bewegend sein und es mag sogar Phasen geben, in denen es uns regelrecht den Boden unter den Füßen wegzureißen droht. Es zeigen sich Gefühle, die wir lange nicht gefühlt haben, es bilden sich Einsichten, die nicht das Bild unseres Lebens, unseres Umfeldes oder unseres eigenen Seins zeigen, das wir gern gesehen hätten. Und es ist unsere Realität in diesem Moment.

Hast du das Erkennen zugelassen, geht es heute darum, dich zu erden. Verankere dich ganz bewusst mit Mutter Erde, auf der du gehst und stehst. Spüre den Boden unter deinen Füßen und nimm die stärkende innere Ruhe wahr, die dadurch in dich einkehren kann. Spüre die Lebendigkeit in dir, während deine Füße fest mit der Erde verbunden sind. Probiere aus, sicher verwurzelt zu stehen und gleichzeitig in deinem ganzen Körper beweglich zu sein. Atme tief durch und nimm deine Mitte wahr. Aus ihr heraus bist du über deine Füße mit der Erde verbunden.

Komm heute ganz bei dir an und erlebe, wie die Erde dich trägt. In jedem Augenblick. Kannst du dabei alles seit der Wintersonnenwende für dich Erkannte ganz nah an dich heranlassen? Bist du wach und ganz mit dir verbunden? Mit festem Boden unter den Füßen?

Die zweite Rauhnacht

26. Dezember – der kommende Februar

Du darfst dich beglückwünschen. Du hast dich einem enorm kraftvollen Zauber geöffnet, der aus den Rauhnächten ebenso wie aus dem Wandel kommt, in deren Feld du dich begeben hast. Mit beiden Füßen fest auf dem Boden bist du bereit für das, was kommen mag.

Tief in dir weißt du, dass du getragen bist.

Heute geht es darum, dir deiner Ressourcen, deiner Kraftquellen, deiner Unterstützer und all der Dinge gewahr zu werden, die dich begleiten, stärken und tragen. Auch den Weg des Wandels gehst du nicht allein. Natürlich, es ist dein Weg. Es sind deine Gefühle, die dir dabei begegnen, deine Gedanken. All das, was du bis zum heutigen Tag erlebt, erfahren und daraus kreiert und in dir oder um dich herum angesammelt hast, wird jetzt deutlicher offenbar. Denn du kommst an in dir selbst und zugleich in diesem Wandel.

In jedem Moment unseres Daseins auf dieser wundervollen Erde stehen uns unzählige Ressourcen und Hilfen zur Verfügung. Sie tragen uns, ob wir uns dessen bewusst sind oder nicht, schon vom ersten Tag an durch jeden Wandel.

Wandlungsphase: Dein Ja zu dir

Heute gibt es nichts weiter zu tun, als aus der Tiefe deines Herzens Ja zu sagen. Ja zu allem, was ist. Zu allem, was du im Erkennen bemerkt hast. Zu allem, was dich und deine Lebenssituation ausmacht. Es geht um dein Ja zu dir, ohne zu wollen, zu wünschen, zu bewerten. Ohne etwas verändern zu wollen. Es geht heute um dein: Ja, so ist es.

Mit diesem Ja bist du nun ganz im Hier und Jetzt. Kannst du spüren, dass du diejenige oder derjenige bist, die oder der den Weg der Wandlung gehen möchte? Es ist dein Weg. Es geht nur um dich. Du bist das Wichtigste für dich.

Mit deinem Ja zu dir selbst, kannst du dich fragen: Was hilft dir auf dem Weg? Gibt es einen Engel, ein Krafttier oder einen Helfer aus der geistigen Welt, dem du dich anvertrauen möchtest oder bereits anvertraut hast? Du kannst diese Wesenheit zu dir einladen. Es kann auch Unterstützung aus der Natur kommen, von einem Baum, einem Ort, einem See oder Fluss. Was kann dich unterstützen und begleiten? Diese Wesenheit wird dich durch alle weiteren Rauhnächte begleiten, du lädst sie, wenn du möchtest, zu jedem weiteren Schritt ein.

Und was alles tut dir gut? Yoga, Joggen, Meditieren, Singen, Tanzen, Zeichnen oder Schreiben …? Oder möchtest du dich lieber auf deinen Lieblingsplatz zurückziehen und dich wie in einen Kokon einhüllen? Mit so vielem kannst du dein Ja zu dir selbst genießen und feiern.

Die dritte Rauhnacht

27. Dezember – der kommende März

Du bist geerdet und gestärkt in der dritten Rauhnacht angekommen, der Phase unseres Wandlungsprozesses, die sich dem Klären widmet. Ganz zu Beginn hast du im Erkennen, in deiner Standortbestimmung, möglicherweise das eine oder andere wahrgenommen, was dir nicht guttut. Seien es emotionale Zustände, in die du immer wieder rutschst. Sei es ein äußerer Umstand oder vielleicht ein gedankliches Muster. Und sicherlich kennst du aus eigener Erfahrung, dass es nicht leicht ist, Dinge loszulassen oder zu verändern, auch wenn wir sie nicht mehr wollen. Irgendetwas in uns hält daran fest, wählt scheinbar immer wieder ein bestimmtes Verhalten, geht einer Gewohnheit nach oder manövriert uns in eine Situation, die uns belastet.

In unserem Wandlungsprozess bleiben wir auch jetzt sehr langsam, sehr achtsam. Heute widmen wir uns klärend diesen Aspekten, die wir einerseits nicht mehr wünschen und an denen wir vielleicht andererseits auf irgendeine Weise noch hängen. Wie an der Tafel Schokolade, die wir nicht mehr essen wollen und doch regelmäßig wieder aus der Schublade holen. Heute spüren wir hinein in unsere Bereitschaft, Altes gehen zu lassen und damit frei zu werden für einen Wandel.

Wandlungsphase: Klären

Verbunden mit der Erde und in Verbindung mit all dem, was dich unterstützt, kannst du sehen, worum es wirklich geht. Wie von einer übergeordneten Ebene schaust du heute auf das Geschehen um dich. Du hast innerlich etwas Abstand und spürst deine Unterscheidungskraft, wenn du dich nun fragst:

- Was ist das Alte, das nicht mehr trägt?
- Welche Gewohnheiten, die sich eingeschlichen haben, können abgelegt werden?
- Konntest du dich schon an den Gedanken gewöhnen, dass das Bisherige nicht mehr trägt?
- Was möchtest du auf keinen Fall in die nächste Phase deines Lebens mitnehmen, ganz gleichgültig, ob du den nächsten Schritt kennst oder nicht?
- Wenn du ebenso achtsam wie kritisch mit dir bist: Was hat dich bisher eingeengt, dich nicht locker und kreativ sein lassen?
- Was hindert dich daran, dich offen und unvoreingenommen einer vielleicht noch komplett unbekannten Zukunft zu öffnen?
- Was hat dich bislang zurückgehalten, deiner Spontaneität oder deiner Intuition zu folgen?

Nimm heute einfach nur wahr, wie dieses Alte in dir lebt, während es sich überlebt hat, und dass du es als dir nicht mehr dienlich erkannt hast. Bleib langsam und spürend.

Die vierte Rauhnacht

28. Dezember – der kommende April

Vieles hast du bis hierhin erkannt und wahrgenommen. Deine Bereitschaft durfte wachsen, das Bisherige in den Teilen, die dich nicht mehr tragen, zu verabschieden. Dass wir hier so behutsam und langsam damit sind, bringt auch eine Würdigung mit sich: Wir würdigen, was war, und wissen in der heutigen vierten Rauhnacht, was wir davon nicht mit in die Zukunft tragen wollen. Es hat uns ein Stück unseres Weges begleitet. Und nun benötigen und wollen wir es nicht mehr. Deswegen steht heute das Reinigen im Zentrum. Wir reinigen uns von alten Mustern und Vorstellungen, von überlebten Energien und all dem, was wir als ungut für uns erkannt haben.

Möglichkeiten der Reinigung gibt es sehr viele. Du kannst dich und deine Aura räuchern, während du im Bewusstsein das loslässt, was du loslassen möchtest. Du kannst in einem Ritual die Energie dessen, was nicht mehr trägt, in einen Zweig oder Tannenzapfen geben und ihn dann einem Fluss übergeben, in der Erde vergraben oder (auf eine sichere Weise, versteht sich) verbrennen. Wähle intuitiv die für dich stimmige Variante oder frage vielleicht auch die geistigen Wesen, die dich während dieser Rauhnächte begleiten.

Wandlungsphase: Reinigen

Sorgfältig schaust du nun auf das, was dir als überlebt, vielleicht schädlich für dich oder nicht zu dir gehörend bewusst geworden ist. Wovon hast du zu viel und was gehört tatsächlich nicht (mehr) zu dir?

Frage dich noch einmal: Möchtest du wirklich alles, was als alt und nicht mehr dienlich aufgetaucht ist, zurücklassen? Oder wäre es gut, hier noch einmal zu differenzieren?

Vielleicht möchtest du dir auch alte Vorstellungen noch einmal genauer anschauen, bevor du sie dann wirklich weiterfliegen lässt, wie eine Hand voll Federn, die der Wind mitnimmt.

Was hilft dir, dich zu reinigen, um dich leicht und unbeschwert zu fühlen? Welches Ritual mit Feuer, Wasser, Erde oder Luft unterstützt dich dabei, Gewohnheiten, Muster und Glaubenssätze, aber auch Vorstellungen, wie etwas zu sein hat, und Destruktives zu entlassen, es würdevoll der geistigen Welt zu übergeben und dabei vollständig hinter dir zu lassen?

Wenn du deine Weise gefunden hast, dann gib dich heute dieser Reinigung hin. Und empfange das Gefühl, befreit zu sein.

Die fünfte Rauhnacht

29. Dezember – der kommende Mai

Wir sind mitten in den Rauhnächten und mitten in unserem Wandlungsprozess. Wie geht es dir? Merkst du, dass du leichter und tiefer atmen kannst, seit du das Alte und nicht mehr Stimmige hast weiterziehen lassen?

Heute braucht es einen großen Schritt. Wir bleiben langsam und doch machen wir einen mutigen Sprung. Hinein in das Anerkennen. Das ist sehr viel mehr als nur Erkennen. Es ist ein wertfreies Akzeptieren, ein Ja zu dem, was ist, was es auch sei. Es ist in dieser neutralen Haltung sogar ein Umarmen.

Erlaube dir, das Leben zu umarmen, mit allem, was es jetzt gerade ausmacht.

Wenn du dich heute in die aktuelle Stufe deines Wandlungsprozesses begibst, kommt es ganz besonders darauf an, vollkommen im Moment zu sein und keinen einzigen Millimeter zum nächsten Schritt hin zu drängen. Indem wir anerkennen, begeben wir uns in eine Energie, die vollkommen senkrecht ist. Den Zeitstrahl auf der Waagerechten lösen wir gleichsam auf. Er existiert für uns nicht. Wir gehen uns voll und ganz in die Vertikale. In den Moment. Ins Hier und Jetzt.

Wandlungsphase: Anerkennen

Die bisherigen Schritte in unserem Wandlungsprozess haben dir einen Abstand zu den Dingen in deinem Leben und selbst zu deinen Gefühlen und Gedanken ermöglicht. Dieser Abstand, diese gewisse Distanz, wenn du auf die Dinge schaust, wird vor allem dann spürbar, wenn du ganz bei dir bist. Fest verbunden mit deinem Innersten.

Halte diese Distanz zu den Themen und Herausforderungen, die um dich sind. Bleib innerlich aufgerichtet und atme tief und ruhig weiter. Da gibt es auch Schweres, all das, was du erkannt hast und nicht ändern kannst. Aber es bleibt dieser Abstand, der dir hilft, nicht von deinen Gefühlen aus dem Gleichgewicht gebracht zu werden. Du bist ganz bei dir. Und vielleicht bittest du auch deine geistige Wesenheit, dich zu unterstützen und sich zwischen dich und eventuelle Schwierigkeiten zu stellen.

Fühle deine Erdung und deine Aufgerichtetheit, wenn du alles jetzt im Moment einfach da sein lässt. Tief atmend betrachtest du aus deiner Distanz die Umstände, die Verwicklungen und das Geschehen um dich herum. Kannst du dir jetzt und heute vorstellen, Ja zu alldem zu sagen? Sogar zu deinen Gedanken der Ablehnung und der Zustimmung?

Es entsteht ein tiefer innerer Frieden, wenn du die Dinge nicht mehr ändern möchtest und dich nicht mehr emotional verwickeln lässt. Die Welt ist, wie sie ist, und du bist, wie du bist. Alles darf so sein, wie es ist. Du empfindest einfach ein großes Ja. Du erlaubst dir und deinem Herzen, alles zu umarmen, so wie es ist. Du erkennst an.

Die sechste Rauhnacht

30. Dezember – der kommende Juni

Fühlst du sie? Kannst du sie spüren? Sie da sein lassen? Diese gewisse Leere, die sich einstellt, nachdem wir geklärt, gereinigt und anerkannt haben? Du bist jetzt an einer Stelle im Wandlungsprozess, an der das Alte nicht mehr da ist und das Neue noch nicht existiert. In der Mitte der Rauhnächte, wo das alte Jahr allmählich ganz und gar verabschiedet wurde und noch kein Blick ins neue Jahr geworfen werden kann. Auch jetzt schauen oder gehen wir nicht nach vorn, wir bleiben ganz in der Gegenwart, im jetzigen Moment unseres Prozesses, der dem Öffnen gilt.

»Ich bin ein Loch in einer Flöte,
durch die der Atem Gottes bläst.«

Hafiz

Die Leere, die jetzt in uns Raum bekommen hat, ist sehr kostbar. Wir sind weit geworden, frei von all den Vorstellungen, Wünschen, Gedankenkonstruktionen, all den Widerständen auch. Frei für diesen Moment. Frei für den Wandel, der uns ganz sanft bereits ergriffen hat.

Wandlungsphase: Öffnen

Du bist nun gereinigt und so vieles ist von dir abgefallen. Du hast anerkannt und siehst klar, wie die Dinge sind. Mit einem großen innerlichen Ja.

Kannst du dich ganz im Hier und Jetzt wahrnehmen? Wie ein weißes, unbeschriebenes Blatt Papier? Wie ein Kind, das ganz natürlich durch die Gegend hüpft? Wie eine weise Frau, die einfach nur aufrecht dasteht oder sitzt, völlig präsent? Ganz in der Gegenwart?

Wenn nichts da ist, bist du leer. Und diese Leere schafft Freiheit. Sie schafft Raum für alle Farben des Lebens, für alles, was vorstellbar und möglich ist. Du musst nicht wissen, wie du diese Leere gestaltest, es reicht, sie als verfügbares Potenzial wahrzunehmen.

Ändert sich mit dieser Wahrnehmung etwas in dir? Erahnst du ein Gefühl von Freiheit und Grenzenlosigkeit? Und fühlst du die Entspannung, die entstehen kann, weil du nichts musst – weder etwas wissen noch etwas tun?

Stell dir vor, einfach die Arme auszubreiten, als würdest du ein Geschenk erwarten. Stell dir vor, dich in Richtung der geistigen Welt zu öffnen, bereit für die Gaben des Lebens. Mit dieser großen, weiten Geste bist du offen für Wunder. Welches Empfinden erlebst du in deinem Körper, wenn sich dein Brustkorb weitet, wenn sich dein Kopf ein Stück nach oben zum Himmel erhebt? Es ist, als würdest du eine Einladung aussprechen, um alle Schönheit, allen Zauber und die Magie des Lebens selbst zu dir zu rufen.

Die siebte Rauhnacht

31. Dezember – der kommende Juli

Auf der kalendarischen Ebene endet heute das alte Jahr und wir begrüßen um Mitternacht das neue. In unserem Wandlungsprozess stehen wir an einer ganz ähnlichen Stelle, nur dass wir viel langsamer sind und damit auch mehr Facetten, mehr Details, noch viel mehr pulsierende Lebendigkeit in einem solchen Übergang wahrnehmen.

Wir haben das Alte bereits losgelassen, uns gereinigt vom Gewesenen und uns für Was-auch-immer-kommen-wird geöffnet. Wir sind leer geworden wie dieser ganz kleine Moment an Silvester, direkt wenn das Alte ins Neue umschlägt. Manchmal zählen Menschen kurz vor Mitternacht von zehn rückwärts bis zur Eins und dann zur Null, zu einer Art Startschuss ins neue Jahr. Und direkt danach, bevor all der Jubel und die Umarmungen und Glückwünsche einsetzen, gibt es eine winzige Pause. Ein ganz kleines, von den meisten wahrscheinlich unbemerktes Innehalten. Eine Leere voller Potenzial. Das Neue, auf das so lange gewartet wurde, ist da. Doch es hat noch kein Gesicht. Wir wissen nicht, was es für uns bereithalten wird. Wir stehen vor einer großen Fülle, vor einem Meer der Möglichkeiten. Wir dürfen uns bereit machen für die unendliche Vielfalt des Lebens.

Wandlungsphase: Bereitschaft für das Meer der Möglichkeiten

Kannst du dir einen Ort vorstellen, an dem es kein Gut oder Schlecht gibt? Kein Schwarz oder Weiß, kein Entweder-oder? Einen Ort, in dem alles so ist, wie es ist, und auch so sein darf? Keine Wertung, keine Beurteilung? Es ist ein Ort, der alles zulassen kann – mit einem Ja zum Leben selbst.

An diesem Punkt deines Wandlungsprozesses hindert dich nichts, aber auch gar nichts daran, dein großes Ja zu dir, zum Leben und zu allem, was die geistige Welt für dich an Unterstützung und an Geschenken bereithält, zu spüren. Dein großes Ja zum Meer der Möglichkeiten.

Kannst du diese pure Freiheit in dir spüren? Wie eine Öffnung für Möglichkeiten, Träume und Sehnsüchte? Wie die Bereitschaft, einen energetischen Raum zu betreten, in dem alles, wirklich alles als Potenzial existiert?

Das Meer der Möglichkeiten ist wie eine große, noch unbestimmte Leere, die sich mit allem, was denkbar und was undenkbar ist, füllen könnte. Heute bist du dir ganz dieser Leere, die gleichzeitig grenzenlose Fülle ist, bewusst. Jede der unzähligen Zellen deines Körpers kann erfahren, was unendliches Potenzial bedeutet. Du bleibst langsam. Du bleibst in der Gegenwart. Du füllst diesen Raum nicht mit deinen Ideen und du versuchst auch nicht zu erfahren, was er bereithält. Du erlebst, dass er da ist, dass dieser Reichtum vorhanden ist. Und du spürst diese Gewissheit, dass alles, wirklich alles, vorhanden ist.

Die achte Rauhnacht

1. Januar – der kommende August

Was aus diesem Meer der Möglichkeiten wird wohl zur Realität für dich? Vor allem am Neujahrsmorgen erleben sich viele von uns in eine Stille eingetaucht, aus der heraus sie das Neue leise erlauschen. So viel Verheißung liegt in der Luft. So viel Potenzial, und wir wissen nicht, was davon sich erfüllen wird, was davon sich uns als Realität zeigen wird. Und an diesem Neujahrsmorgen müssen wir es auch nicht wissen. Vielleicht kennst du auch diese kostbare Zufriedenheit damit, an einem solchen Morgen zu wissen, dass alles da ist und es für dich zur Verfügung steht.

Natürlich haben wir unsere Wünsche und vor allem aber trägt unsere Seele eine Sehnsucht in sich. Eine Sehnsucht, der wir heute nachspüren. Wir sind nicht einfach nur vom Alten weggegangen. Wir haben es erkannt, verabschiedet, uns gereinigt, wir sind zum »Loch in der Flöte« geworden, um etwas nun Stimmigerem Platz zu machen. In diesem ganzen Prozess haben wir uns nicht nur von etwas hinter uns Liegendem entfernt, wir haben uns zugleich etwas vor uns Liegendem geöffnet und uns von ihm anziehen lassen. Wir haben uns locken lassen auf etwas zu, dem unsere Sehnsucht gilt. Wie es so weise heißt: Das, was du suchst, sucht dich.

Wandlungsphase: Sehnsucht

Spürst du, wohin es dich zieht? Möglicherweise war es schon die ganze Zeit da, irgendwo leise im Hintergrund oder auch immer wieder einmal drängend nach vorn und ins Lautere, diese kleine Ungeduld: Wann geht es denn weiter? Wann kommt das, worauf ich mich freue?

Jetzt ist der Moment gekommen, in dem du deinem Streben, deinem innersten Wollen, deiner Sehnsucht Raum geben kannst. Wonach verlangt es dich in dieser Freiheit? Was ersehnst du dir? Was aus dem Meer der Möglichkeiten fließt dir förmlich entgegen? Wobei spürst du dieses sehnsuchtsvolle Flehen in deinem Herzen?

Spüre heute dem Drängen deiner Seele nach. Was zeigt es dir? Wohin zieht es dich? Was aus der unendlichen Fülle dessen, was gelebt und erfahren werden könnte, ruft dich zu sich?

Wenn du heute diesen Ruf, dieses Ziehen, dieses Sehnen spürst, bleib auch dabei langsam und in der Gegenwart. Mit deiner inneren Haltung von einem großen Ja zum Leben, mit deinem liebevollen Ja zu dir selbst und zu dem, was kommen mag, kannst du heute noch einmal neu deine Erdung spüren und wissen, dass deine Helferwesen da sind, dass du getragen und unterstützt bist.

Wie geht es dir, wenn du so still deiner Seele lauschst, während sie dir ihre Sehnsucht offenbart?

Die neunte Rauhnacht

2. Januar – der kommende September

Möglicherweise fällt es dir gerade schwer, so langsam zu bleiben, wie wir es hier in unserem Wandlungsprozess sind. Die gestrige Rauhnacht galt deiner Sehnsucht, dem, was deine Seele wie magisch anzieht. Der damit verbundene Sog kann sehr stark sein und dich dazu drängen, mit großen Schritten und Sprüngen nach vorn zu wollen.

Doch wir bleiben langsam. Schnell und mit großen Schritten und Sprüngen sind wir oft genug durchs Leben gestürmt. Nicht selten haben wir dabei Wesentliches verpasst und nicht selten sind wir damit auch an dem vorbeigerauscht, dem eigentlich unser Sehnen galt. Und so sind wir jetzt langsam. Achtsam folgen wir während dieser Rauhnächte weiterhin in winzig kleinen Minischritten dem Prozess des Wandels.

Uns zieht die Sehnsucht und verleiht uns damit ein gutes Stück von dem Mut, den wir brauchen, um unsere Schritte gekonnt auf sie zu zu setzen. Mut zu haben, bedeutet noch nicht, dass wir losgehen. Heute machen wir noch keinen Schritt. Wir sammeln Mut und bereiten uns weiter vor. Wie in Zeitlupe bewegen wir uns durch den Prozess des Wandels und machen damit jede Millisekunde dieses natürlichen Lebens-Laufes für uns spürbar. In unserem Körper und unserer Seele.

Wandlungsphase: Mut für den ersten Schritt sammeln

So oft schon hast du Mut für den nächsten Schritt bewiesen. Erinnerst du dich? Vielleicht kannst du dich auch an die Freude erinnern, mit der du schon öfter etwas gewagt hast. Möglicherweise war das, wohin dich deine Sehnsucht zieht, überwältigend schön und dabei beinahe erschreckend groß. Dann ist es umso wertvoller, heute Mut zu sammeln. Du kannst darauf vertrauen, dass dich die Kraft deiner Seele weitertragen wird auf dem Weg des Wandels.

Weiterzugehen ist nicht immer einfach. Doch etwas in dir motiviert dich. Es gibt dir Kraft. Es gibt dir den Mut der Bereitschaft für Neues.

Atme kraftvoll ein und aus und nimm jetzt deine Entschlossenheit wahr, dass du wirklich weitergehen möchtest. Mach dir erneut deine Erdung bewusst und grüße deine Helferwesen aus der geistigen Welt, die auch jetzt für dich da sind. Richte dich innerlich auf und lass deine Offenheit und deine Bereitschaft für den Wandel immer klarer in dir spürbar werden.

Wie stehst oder sitzt du da mit dieser Kraft der Entschlossenheit? Wie fühlen sich deine Beine, dein Brustkorb, deine Arme und deine Schultern an, wenn du an Mut denkst? Wenn du ihn in dir wahrnimmst?

Für heute ist es ausreichend, mit dieser aktiven Kraft, mit diesem Mut verbunden zu sein, ihn zu spüren und stärker werden zu lassen.

Die zehnte Rauhnacht

3. Januar – der kommende Oktober

Heute gehen wir den ersten Schritt. Auch ohne den Weg zu kennen. Kann das möglich sein? Können wir einen Schritt machen, ohne überhaupt zu wissen, wohin?

Genau das ist der Zauber des Wandels. Wir sind im Vertrauen und wissen, dass wir nicht wissen. Woher auch? Das Meer der Möglichkeiten ist unendlich weit und wir können nicht vorhersehen, was kommt. Nicht einmal den nächsten Moment. Nicht einmal unseren nächsten Schritt. Und dennoch setzen wir ihn. Wir spüren die Sehnsucht, die uns zieht. Wir spüren den Mut, den wir in uns gesammelt haben. Und so machen wir den nächsten Schritt. Einen kleinen Schritt in unserem Leben, dem viele vorangegangen sind und dem viele weitere folgen werden.

Der Weg legt sich unter deine Füße.

Wir sprechen gern von Lebensweg. Und hinter uns liegt so etwas tatsächlich. Wir können nachverfolgen, wie er verlaufen ist – bis zum heutigen Tag. Wie es weitergehen wird, ist unbekannt, doch in uns ist eine tiefe Gewissheit, dass es immer einen Weg geben wird. Der Weg entsteht beim Gehen.

Wandlungsphase: Den ersten Schritt wagen

Mit all deinem angesammelten Mut kannst du heute den ersten Schritt wagen. Und das, obwohl du nicht weißt, wohin dich dein Weg führen wird. Du kannst diesen ersten Schritt im vollen Bewusstsein deines Nichtwissens wagen.

Jetzt kommt der Moment, in dem du aktiv sein kannst. Du bist aufrecht und innerlich ausgerichtet und du setzt diesen ersten Schritt, ohne zu wissen, wie es genau weitergeht. Du folgst dem Impuls aus dem Moment heraus. Bist du bereit?

Getragen von deiner Sehnsucht spürst du den Mut, spürst die Kraft, diesen ersten, vielleicht kleinen Schritt zu wagen. Oder ist es schon ein größerer? Möchtest du ihn in Dankbarkeit und tiefer Freude gehen und dabei dich und deine Bereitschaft vielleicht sogar ein bisschen feiern?

Du weißt, dass deine Helferwesen immer für dich da sind, auch jetzt. Du bist nicht allein. Du spürst, dass du fest verbunden mit etwas bist, das größer ist als du. Und neben vielen weiteren unterstützenden Kräften ist da immer auch Mutter Erde. Wenn du heute vorsichtig einen kleinen Schritt setzt, kannst du spüren, dass sie dich trägt und immer tragen wird. Und vielleicht spürst du auch, dass du auf deinem Weg des Wandels geführt bist. Auch diese Führung ist immer da.

Wie fühlt es sich an, dieses Aufgehobensein zwischen den Kräften des Himmels und der Erde? Wie fühlt es sich an, Teil eines größeren Ganzen zu sein? Wie fühlst du es in deinem Körper, wie in deiner Seele?

Die elfte Rauhnacht

4. Januar – der kommende November

Hast du in der gestrigen Rauhnacht deinen Schritt gesetzt? Hast du dich von deiner Sehnsucht tragen lassen und bist, obwohl du nicht weißt, wohin genau es geht, einen Schritt gegangen? Oder liegt dieser erste Schritt noch vor dir und du bist noch dabei, die nötige Bereitschaft zu entwickeln? Es ist in Ordnung so, wie es ist. Auch der Wandel selbst ist immer wieder neu und immer wieder anders.

Nur selten im Leben machen wir ganz bewusst einen ersten Schritt und halten dann wieder inne. In unserem Zeitlupenprozess aber gehen wir genau so vor. Wir verlangsamen das Ganze heute noch einmal mehr. Denn statt nun diesem ersten Schritt gleich den zweiten und dritten folgen zu lassen, halten wir inne und bleiben stehen. Wir richten uns innerlich auf und nehmen unsere Mitte wahr. Aus diesem aktuellen Moment heraus spüren wir der Frage nach, was nun anliegt. Wir gehen nicht einfach selbstverständlich in eine Richtung voran, nur weil der erste Schritt getan ist, denn es gibt viele Möglichkeiten. Wir bleiben aufmerksam und langsam. Wir bleiben im Spüren. Wir erleben den Wandel. Von innen heraus erfahren wir, was als Nächstes geschehen möchte.

Wandlungsphase: Weitergehen oder stehen?

Dein erster Schritt ist gemacht oder liegt noch vor dir. Erinnere dich heute an das Mutsammeln und vergegenwärtige dir auch noch einmal die Begleitung deiner Helferwesen. Und nun erlebe dich dabei, wie du nach diesem ersten Schritt nicht einfach weitergehst, sondern ganz wach spürst, was jetzt gelebt sein will: Geht es um einen nächsten Schritt? Oder darum, noch einmal innezuhalten, vielleicht um dich deiner inneren Führung zu versichern oder zu prüfen, ob dir guttut, was geschieht?

Die Entscheidung liegt bei dir. Durch das erneute Innehalten wirst du zwar noch langsamer, doch dein Fokus schärft sich noch einmal mehr. Bemerkst du die Klarheit deiner Ausrichtung und die große Kraft, die ein nächster möglicher Schritt dadurch bekommt?

Bist du eins mit deinem Körper, mit deinen Füßen, deiner inneren Haltung, wenn du auf den Impuls wartest, deinen nächsten Schritt zu tun?

Vielleicht geht dieser Schritt auch gar nicht nach vorn, sondern wieder zurück oder zur Seite. Oder du spielst damit, eine Weile stehen zu bleiben und auszuruhen oder die Geschwindigkeit deines Gehens zu variieren. Welche Impulse nimmst du wahr und wie folgst du ihnen?

Die zwölfte Rauhnacht

5. Januar – der kommende Dezember

Wir sind bei der zwölften Rauhnacht angekommen. Heute um Mitternacht endet diese außergewöhnliche Zeit und mit ihr schließt sich auch der Wandlungsprozess ab, den wir hier gemeinsam durchleben. Indem du alle Schritte auf deine Weise mit vollzogen hast, hat sich in dir sicherlich eine wirkliche Kostbarkeit herausgebildet: Vertrauen.

Kannst du dich noch erinnern, wie du vor zwei Wochen begonnen hast? Zur Wintersonnenwende ging es um das Erkennen. Du hast dich auf eine ganz langsame Reise eingelassen, bist sehr spürig geworden, hast achtsam und in großer Gegenwärtigkeit winzig kleine Schritte gemacht, obwohl möglicherweise ein Teil von dir aus lauter Gewohnheit oder Unruhe viel schneller voranpreschen wollte. Doch auch dieser Teil hat vielleicht mit der Zeit erkennen können, dass mit den Bewegungen des Lebens mitzugehen sinnvoller und meist müheloser ist. Denn im wirklichen Wandel gibt es kein Ziel, auf das wir zustürmen könnten. Es gibt nur das Hier und Jetzt, in dem wir still werden und darauf lauschen, was ansteht.

Der Weg ist die Liebe des Universums.
Du bist geführt vom Ziel.

Wandlungsphase: In den Weg vertrauen

Kannst du es in dieser heutigen Rauhnacht, der letzten in einer Reihe von zwölf heiligen Nächten, in dir spüren – dein Vertrauen in den Weg, der sich dir unter die Füße legt? Hast du es heute mehr oder weniger stark in dir präsent, dieses Vertrauen in den Weg, der erst beim Gehen entsteht? Dieses Vertrauen in dein Vermögen, einen Weg zu gehen, ohne zu wissen, wohin er führen soll?

Dein inneres Spüren ist sicherlich feiner geworden und du fühlst sehr viel genauer deine schöne Präsenz, deine klare innere Wahrnehmung und deine ureigene Energie.

Du hast erfahren, dass es eine Kraft in dir gibt, die stets weiß, wie es weitergeht. Du spürst den Impuls aus deinem Inneren, der weiß, welcher Schritt ansteht. Auch wenn das Ziel unbekannt ist.

Immer wieder aufs Neue bist du mit dieser Qualität, dieser Kraft in dir verbunden. Sie stärkt dein Vertrauen noch einmal mehr. Mit ihr kannst du eine große innere Freiheit erfahren. Denn du bist nun frei, jederzeit Gewohntes und Überholtes hinter dir zu lassen, um dich unbelastet und neugierig Neuem zu öffnen.

Mit deinem Herzen bist du verbunden mit allem, was existiert. Du bist verbunden mit der Kraft des Universums, mit der Schöpferkraft. Du bist verbunden mit dem Wandel. In dir lebt ein großes echtes Ja zu ihm. Dieses Ja ist deshalb so groß und vertrauensvoll, weil du dich jederzeit geführt und begleitet, behütet und umsorgt fühlen kannst.

Das Neue ist da

6. Januar – Heilige Drei Könige, Ende der Rauhnächte

Die Rauhnächte sind für diesmal zu Ende. Das neue Jahr hat nun wirklich begonnen und du bist mit ihm ganz neu. Du hast eine Veränderung angestoßen, indem du dich am Tag der Wintersonnenwende in einen Wandlungsprozess begeben hast und ihm Schritt für Schritt, Rauhnacht für Rauhnacht gefolgt bist. Auf diese Weise hat es sich und hat es dich gewandelt. Konntest du der Einladung folgen, ganz langsam zu werden, ganz im Hier und Jetzt zu sein?

Dein Herz ist eins mit allem, was ist. Mit allem, was lebt. Mit allem, was sich wandelt. Der heutige Tag beschenkt dich mit einer schönen Überraschung. Zum Abschluss unseres Wandlungsabenteuers weißt du:

Du bist der Wandel.

Du bist einverstanden mit dem, was ist und was kommt. Du weißt, dass es sich immer und immer neu wandelt. Und du weißt, dass du stets mit dem sein kannst, was ist und was sich wandelt. Du bist vollkommen zu Hause im Wandel, der das Leben selbst ist. Du bist der Wandel.

Wandlungsphase: »Ich bin der Wandel«

Kannst du die zarte Kraft der Zuversicht in dir spüren? Du magst nicht oder nicht genau wissen, wohin dich der Weg führt, doch du bist innerlich sicher, dass es diesen Weg gibt, der dein Leben weiterbewegt und es und damit auch dich wandelt. Immer wieder neu.

Du kannst überall hingehen, an jeden Ort, denn alles ist in dir. Du trägst all die Kräfte und Qualitäten in dir, die es braucht, um in jedem Moment mit dem zu sein und mit dem zu gehen, was ist. Du spürst heute tief in deinem Herz diese Gewissheit.

Jede Zelle deines Körpers und jeder Funke deines Bewusstseins hat sich willentlich und absichtsvoll auf den Weg gemacht, um Wandel zu erkunden, zu erfahren und zu verinnerlichen. Nimmst du deinen Mut und deine Größe wahr? Deine Verbindung zu den Kräften des Lebens? Spürst du dein inneres Leuchten? Deine Liebe zum Leben?

Das Leben trägt dich und du bist eingebunden in die unermessliche Kosmologie, in die Unendlichkeit des Universums. Du bist eins mit der Schönheit und der Liebe der Schöpfung.

Alles Gute im stetigen Wandel!

Wandel ist ein großes Thema unserer Zeit. Still standen die Dinge natürlich nie. Immer gab es Wandel auf dieser Erde. Und doch scheint er in unserer Gegenwart besonders intensiv und mächtig zu sein. Und wir alle haben das Glück – und zuweilen auch die Herausforderung –, dabei zu sein, wenn sich nun viele Blätter wenden und etwas ganz Neues in die Welt und in die Menschheit kommen will.

Uns als Autorinnen von mittlerweile einer ganzen Serie von Rauhnächte-Büchern und -Produkten macht es sehr dankbar, dass wir dich mit diesem Buch im Sinne des Wandels durch die heiligen Nächte begleiten durften. Es ist schon etwas ganz Besonderes: Denn ist dir eigentlich bewusst, dass du diesen Prozess mit seinen vierzehn Phasen, die wir hier in kleinsten Schritten beschrieben haben, mit vielen, vielen anderen Menschen gemeinsam durchlebt hast? Da die Rauhnächte an eine ganz bestimmte Zeit im Jahr gebunden sind, sind all diese Menschen mit dir zusammen zeitgleich durch diesen Wandel gegangen. Sie alle haben ihn – jede und jeder auf ihre und seine Weise – für sich gestaltet und dabei für all die nächsten Male, wenn Wandel ansteht, geübt.

Diese Art, mit Wandel umzugehen, kann dich weit über die Rauhnächte hinaus unterstützen. Du kannst sie das ganze kommende Jahr über nutzen und in allen weiteren Jahren deines Lebens. Der Prozess wird sich immer noch vertiefen und dir ganz in Fleisch und Blut übergehen. Er lebt ja ohnehin in deinen Zellen, in deinem Bewusstsein und in deinem Herzen. Du bist Wandel. Wir alle sind Wandel. Er lebt in uns und wir in ihm. Sich das bewusst zu machen, lässt es ganz natürlich werden, Wandel zu durchleben. Umso mehr, wenn du seine Phasen kennst und sie bereits über die Rauhnächte hinweg in dein Bewusstsein und deine Sinne verankert hast.

*Wandel wird uns immer begleiten –
und wir können geschmeidig und voller
Vertrauen mit ihm fließen.*

Gemeinsam haben wir in diesen Rauhnächten das Wandelhafte als etwas Stabilisierendes erleben dürfen. Was für eine Überraschung! Stabilität im Wandel. Stärke in der Verwundbarkeit. Sicherheit im stetig Unsicheren. So sind wir, als diejenigen, die wir mit dieser Wandlungskraft verbunden sind, auch diejenigen, die den Wandel mitgestalten. Wir haben die Fähigkeit, die Kraft und das Wissen, die es braucht, um eine lebens- und liebenswerte Zukunft zu gestalten.

Indem wir getragen sind von der Sehnsucht des Lebens nach sich selbst, tragen wir dazu bei, uns selbst, die Umwelt und die Erde in ihrer Schönheit zu erhalten. Alles ist eins. Wir wandeln uns mit dem Wandel und gestalten ihn als Schöpferinnen und Schöpfer aktiv mit. Wie die Hopis sagen: Wir sind die, auf die wir gewartet haben.

»Das einzig Beständige ist der Wandel.«

Chinesische Weisheit

Raum für persönliche Gedanken, Notizen und Träume

Auf diesen Seiten hast du Raum, wesentliche Momente deines Wandlungsprozesses festzuhalten. Durch das Aufschreiben – oder vielleicht auch Skizzieren oder Zeichnen – kannst du noch mehr Bewusstheit über die Feinheiten der einzelnen Wandlungsphasen erlangen und dich selbst immer wieder neu in deiner Schönheit und Stärke erkennen.

RAUM FÜR PERSÖNLICHE GEDANKEN, NOTIZEN UND TRÄUME

RAUM FÜR PERSÖNLICHE GEDANKEN, NOTIZEN UND TRÄUME

RAUM FÜR PERSÖNLICHE GEDANKEN, NOTIZEN UND TRÄUME